Slow is the new speed.

慢·慢·快活
killingmeslowly

編集：歐陽應霽

黃伯康 VWong@apcoasia.com

英國劍橋大學工商管理碩士及倫敦大學法律學士，主要研究創意思考。最新著作《宏觀創意——矛盾／融合／創意》中的「完全創意理論」，綜合了各種思維模式，其有關「完全創意理論」之畢業論文，研究了四種專業人士，分別是：電腦遊戲設計員、廣告人、律師和核數師。此論文贏得英國劍橋大學商學院2002年Barclay's 最佳工商管理碩士論文。自二〇〇三年起，任職APCO政治及公共事務高級顧問，負責政策研究、經濟調查、企業傳訊及媒體規劃工作。負笈英國劍橋大學深造前，黃伯康曾加入奧美廣告，亦曾任香港特區政府當政務主任，先後主理城市規劃、填海計劃及長者福利範疇。故此對創意思考、批判思考和妥協均有很深的體會。

— 我是一個很快，很快的人。

— 死線之前我會最快。

死線之後我會慢。

— 回到一個熟悉的城市，因為周遭如此熟悉，我的身體會自然加速活動，但我的心會減速去審察周遭一切微小的改變。

— 進入一個陌生的城市，我會慢慢的從身處的一個角落開始發掘，像池塘中的一個漣漪慢慢擴散。

白雙全 tozerpak@hotmail.com

最喜歡呆坐在家中不停轉電台，漫無目的在街上走路，在應該工作時不工作。生活節奏極慢，只會在交稿前的三四小時速度突然反彈。喜歡去一個陌生的城市，尤其是冬天，隔著火車的玻璃窗觀看人走路。

銘甫 my8d001797@ms.my8d.net

36歲念舊台灣人。特別喜歡舊東西、老東西，從身上穿的一直到生活使用的。 不安於室的中年男人，習慣用旅行來滿足強烈的好奇心與求知慾。 好奇於人，以及一切人所創造出的現象，簡稱文化。

— 35歲以前的我是快的，之後則遞減，是生理及心理因素使然。 以前容易不耐煩，現在則處在怡然自得的狀態。

— 做著需要用生理時間計時的事都快，例如煮泡麵、趕飛機；做著心理時間計時的事，則慢，例如生悶氣、發呆。

— 回到一個最熟悉的城市，我絕對是慢。慢，才會發覺以前錯過的角落，以及一些擦身而過的情緒。

— 進入一個陌生的城市，我會用快過腎上腺素的激情，去捕捉對於一個陌生城市的新鮮感； 搭它所有的交通工具，逛它最熱鬧的大街，吃它每一樣小吃。 之後再用散步的心情去認識它； 細看街上張貼的海報，聆聽市場鼎沸的叫賣，吸聞地鐵裡獨特的味道。

歐陽應霽 craig@auyeungishere.com

一個再一次發現並決定以「貪威識食，練精學懶」作為未來做人態度和行事目標的人。

曾經以為很努力的寫過一些字，畫過一些漫畫，出過一些書，講過一些課…… 現在開始想，是否做得太多了，太快了，太硬了，看來要再慢一點，細一點，好一點。

換一個身份，作為《慢慢快活》季節書的編輯人，重新開始漫畫，並且每天早上提醒自己，少一點感性，多一點性感。

彭倩幗 beatrix.pang@gmail.com 個人網頁：http://pangb.hk

1976 年生。創作作品主要攝影及錄像。早年在香港修讀攝影，隨後在挪威續修攝影及錄像藝術課程。最新錄像作品《距離＝時間×速度》剛入選本屆香港藝術雙年展。剛與來自德國、日本、挪威及香港的視覺和音樂藝術家合辦一個網上藝術平台：www.frombeetobee.net。曾策劃及聯繫香港與挪威的藝術院校學生錄像作品之放映活動—— Teleporter's Boat，計劃將此活動延伸至愛沙尼亞。

— 對於快慢的定議題，早年有這樣的想法：「是我之不進，或世界之不退？」最近發現這種想法愈來愈強烈。

— 一個月之前，第一次發生了我前所未有的全身抽搐事件。很是害怕。當前腦海跟眼前的事情與景物排山倒海式地重疊在一起。我看見了我的限度，在恐懼中完成了我的快與慢。

— 怎麼說呢……我自以為最熟悉的香港是一個以最純熟的姿勢把一切事物以最短距的長度吸入，然後以一種無度的形式釋放。

— 在我遊歷的過程裡，是以一個探索的姿態在一個又一個的地點中步行。步行是一個自然韻律，一個零度的動作。存在的幸福從雙腳踏在不同的路面上傳送。

黃淑琪 sukkiwong@yahoo.com.hk

筆名彳亍，Ki Wong，於芬蘭University of Art and Design完成碩士課程。現專心研習中國水墨畫。曾於《Tokion》、《Milk》及《Cream》負責寫作及拍攝工作，也曾為唱片封套拍攝。攝影集《蒐》及圖文冊《跟我畫》於二〇〇六年出版。

— 我自覺是一個懶洋洋的快人。

— 我做Freelance最快，做自己的東西最慢。

— 從芬蘭回到香港，我明顯的慢了下來。

— 進入一個陌生的城市，我會以坐在巴士上及步行的速度，忘掉時間，呆呆地重複地走走，來認識一個新的地方。

吳文正 simongo@netvigator.com

福建晉江人。畢業於香港理工大學設計系後，從事新聞攝影。閒時轉彎抹角跑跳跌撞於大街小巷，以冰冷的照相機記錄城市中殘留的溫情，記取街坊街里的趣聞掌故。近年更沉迷於民間收藏，視嶺南文化為寶典；遊歷粵澳，搜尋失落的民間傳奇，十分享受簡中樂趣與奇遇。於2001年出版《香港葫蘆賣乜藥》一書。

— 朋友說我甚勤快；老婆說我慢半拍，必須嚴加逼迫，方能成事。

— 拿起照相機按下1/250快門或更快那刻；拿起筆桿寫下25字自述又是另一刻。

— 回到熟悉的城市，相信自我調節機能，自自然然可以快起來。太多熟人催趕下，尤其是上司、同事和至愛老婆大人面前，不容慢條斯理。

— 進入一個陌生城市，我會先來一個快速搜畫閱覽陌生的環境，再用慢鏡選取有趣之處；甚至偶爾逐格重播，仔細探究回味。

何達雄　johnhoho@netvigator.com

喜歡睡覺，愛做夢，活在夢裡；秋冬季尤其懶惰，樣貌長得年輕，頭卻暗生白髮；愛繪畫動物及自然景象，相信世界一切也是美好；臉孔不懂得掩飾自己情感，小說謊，衣著簡單，廿九歲，說粵語，生於香港，家住葵涌。
— 我自覺是一個慢得很的人。
— Deadline快到我會最快，Deadline未到我會最慢。
— 回到一個最熟悉的城市，我會慢下來。
— 進入一個陌生的城市，我要視乎有多少時間，時間短則只能快快看看景點，時間長則可完全放鬆。

煙囱　mixian82@hotmail.com

枝江人，現居住北京，我網絡有個朋友叫汽水，他比我偉大的多，我們都喜歡植物。
— 我自覺是個慢的人。
— 每當暑假的時候，我會花一大半的時間在睡覺。
— 回到一個最熟悉的城市，我會慢慢的趴在床上。
— 進入一個陌生的城市，我要去逛街，累了就找個地方坐著看看周圍的人，城市很複雜，認識不大容易，要是鄉下就簡單多了。

曾翰　74zh@163.com

1974年生於廣東海豐，1997年畢業于廣州暨南大學新聞系，現居廣州，曾在廣州多家報紙雜誌供職，現任《城市畫報》圖片總監。拿起相機創作的時間已經超過10年，曾參加過2002年平遙國際攝影大展，2005年廣州國際攝影雙年展、南京中國藝術三年展等攝影藝術展覽；2005年9月在上海明園藝術中心舉辦第一個攝影個展《世界遺蹟》；2005年11月，策劃連州國際攝影年展《自·私／中國新生代攝影聯展》，並獲傑出策展人獎。
— 現實中的我是個快得停不下來的人，因為有太多的事要做，幾乎沒有喘息的機會；但其實我應該是個慢的人，因為我是個想默默做著自己喜歡的事情就可以很滿足的人，這樣的人不應該太快太忙，我真不知道自己到底哪裡出了問題。
— 我最快是在最後的截止時間迫在眉睫時，發現有無數的事情都沒處理完，然後用最瘋狂的速度完成所有應該完成的事情，從小到大，從對付考試到對付截稿日。
— 我最慢是在休息日的午後在家在陽光的移走中看書聽音樂，或者是每年都找出一個月的時間獨自在青藏高原浪蕩。
— 每次從外地回到廣州，從飛機上望到廣州時，總是心生煩惱，因為我又要回到這個讓我像機器人一樣瘋狂運作的地方了。
— 我是個喜歡到不同城市閒逛的人，認識它的最好方法就是漫無目的地在城市中間逛，最好是坐公車或步行，甚至是晚上，可能可以更深入地瞭解它，當然，閒逛肯定離不開相機，我有城市風景收集癖。

周啟良　chaukaileung0524@yahoo.com.hk

天生左撇子，奏古典吉他順理成章，複雜指法，多多益善。日常拙於辭令，不擅交際，為人隨和，但對音樂貫徹執著與堅持。

陳錦樂　markklchan@hotmail.com

貓扮人。吃、睡、高傲、懶和玩。近作包括重看John Cassevetes電影《The Opening Night》及明白當中對白—"What you have to do is to say the lines clearly and with a certain degree of passion."
— 我徘徊在最快與最慢兩端。效率顛倒眾生。
— 為了食，我會最快。
— 喝酒時我會最慢。
— 回到一個最熟悉的城市，我會「盡快」以便爭取空間「盡慢」。
— 進入一個陌生的城市，我會先睡一覺然後到餐廳觀察／測試侍者反應與上菜速度。

廖偉棠　liuwaitong@yahoo.com

詩人、攝影師，1975年出生於廣東，現居香港。曾獲中文文學獎、中國時報文學獎、聯合報文學獎等。曾出版《苦天使》、《十八條小巷的戰爭遊戲》、《巴黎無題劇照》等十多本書。
— 卡爾維諾的《未來千年文學備忘錄》中有一句話：「我是一個夢想成為墨丘利的農神」，這也適合於形容我，農神的氣質是憂鬱、傾向于靜觀和孤寂的，而交通之神墨丘利是迅捷、靈活、傾向於交流的。我沈溺於慢，卻往往在自己意想不到的時候爆發，變得急速、有力，這兩者矛盾地存在於我的作品中，比如說我的詩：醞釀的過程是慢的，但寫作過程往往飛快，許多過百行的組詩是一個下午寫成的，而且詩中意象的迅速跳躍、尖銳直接、節奏的輕快也是我許多作品的特徵；但是在我的攝影中又往往相反，我熱衷於抓拍、盲拍的偶然性，卻又喜歡在作品中呈現的靜默、神秘，……而生活中，當我躲進書齋，我像一個修士或者磨鏡工一樣緩慢；當我走上街頭，我像一個遊擊隊員一樣敏感、迅捷。
— 當我在創作（寫作或攝影）狀態中、將要捕捉一個準確的詞語／形象的時候，我是最快的，快得能聽到自己的心跳——相對之下心跳變慢了。當我和我的主題周旋的時候，為了體會、瞭解它，為了取得它的信任，我會越來越慢，仿佛耳鬢斯磨、漸入佳境。

劉清平　tlife@hkstar.com

生活於香港。習慣帶著照相機漫遊，仍然使用菲林。
近年參與展覽有：
「現在就是未來」，OP Fotogallery (H.K.)；
「TIME Exposure」，UMA G gallery；
「VISIBLE SOUND｜TIME MACHINE」，牛棚藝術村1a空間；
「香港觀記」，香港大學美術博物館。
92年開始成為《娜移》攝影雜誌編輯工作成員。

目 錄

懶　快活

文／圖：應霽

其實我可能是最沒有資格說慢的人。

自問從來太貪心太快，在聽Erik Satie的欲斷未斷的拖拉慢板之際，好想忽然有急速的伊斯蘭rhaita嗩吶和tablah魚皮瓦甕鼓與慷慨高昂的阿拉伯人聲唸唱的插入；口咬慢燉了十多個小時的入口即溶的紅酒牛膝的時候，急著要看甜點菜單要點根本就在跟時間競賽的滾油炸冰淇淋；在千辛萬苦才堆砌編輯出那麼一點兒採訪拍攝的圖文打算付印的同時，手頭正在處理的還有兩本漫畫書三個設計案子和答應了父親已經三年五載還未啟動的合作展覽出版計劃；在渴求幻想一段私密冷靜長情關係的當兒，又被那路上對面忽然拋過來的有意無意的陌生眼波刺激勾引——但也就是因為超速來往碰撞至電光火石一剎那，驚覺能夠選擇慢下來的奢侈和寶貴。

因此，在人事制度高速運轉崩裂劇變中，我們說慢。

慢，慢下來，忽然又成了一種流行。

流行一般都可以消費，可以用錢買用權用位去獲佔，但慢不行，因為慢，太貴。

社會日常，速度早已失控。著著超前，人人進步，事事冀求雙贏三贏，其實都是不美麗甚至恐怖的誤會。我們太習慣太自覺快，快，快，也不可能再有絕對的純粹的慢——所以此時此刻說的慢，是相對的，是一種對生活步伐節奏的調節與掌控。

要忙就忙得連神經末梢都昂然興奮，要懶就懶至心窩骨髓都酥都軟，要快馬上快，要慢隨時慢，難，真難——亦難得有此挑戰！

認識慢，欣賞慢，尊重慢，我們刁鑽苛刻日思夜想的種種細節，其實都得心領神會細細撫摸。慢需要慢慢培養感情，一步一步，向他向她走過去。

如何在依然高速中決定在體內在心裡種植一顆慢的種子，讓它生根發芽，讓慢的能量緩緩滲透，與快的基因可以對比觀照，赫然是一種高階修練。

〇六春之始，慢慢來，慢慢寫，慢慢畫，與身邊一群對生活著迷對速度敏感的朋友一起，用季節作拍子，用圖發聲，用文字上色，從以為熟悉但其實生疏的身邊細碎開始，目睹手觸吟誦平凡裡的神奇——

我清楚知道，慢下來，是為了快活。而懶，大家曾經這麼熟悉其實都這麼嚮往的一回事，其實就是十分具體的慢的實踐，嘿，這還不容易。

應霽
〇六年一月

趕 什麼趕？

文：黃伯康／應霽　　圖：劉清平

人的心跳率達到最高速的同時也是心力耗盡的那一剎那。

一般標準，人的平均最高心跳率是每分鐘220下（bpm）減去此人的年歲數字。

紀錄中最高的心跳率是一個日常慣坐工作的四十出頭的中年男人，在健身房踏完單車，錄得188bpm。

牙買加短跑選手Asafa Powell是現時世上跑得最快的人，04年奧運百米短跑成績是9.77秒，快手快腳奪走金牌。

世界最快的鼓手可以在一分鐘內雙擊鼓1407次，也就是每秒23擊。

世界上跑得最快的動物，是非洲撒哈拉沙漠的獵豹（cheetah，或稱hunting leopard），身長2公尺、體重100磅的獵豹極速最高可達每小時112公里。

飛得最快的昆蟲是來自澳洲的蜻蜓，每小時可以飛58公里。

跑得最快的鳥是鴕鳥（雖然牠不會飛！），鴕鳥亦是世上跑得最快的二腳動物。

身材嬌小的蜂鳥，除了是世上最小的鳥，牠的拍翼速度由每秒80下急升至（交配時的）每秒200下。順帶一說，蜂鳥的心跳率在動物界居第二，而牠的體溫卻居首位，達到攝氏104度。有趣的是，蜂鳥身上的羽毛數量是鳥類中最少的。

IBM計劃花費一億美元去研製一台世界最快的超級電腦，這台喚作「藍基因」（blue gene）的超級電腦可以每秒鐘進行一千萬億個操作，比目前最快的超級電腦還要快500倍。

美國人洛基保以6分7秒剝完50磅洋蔥。

體重60公斤的日本人小林尊以12分鐘吞下53個半熱狗的成績，奪得紐約吃熱狗比賽冠軍，創新了自己曾經創下的12分鐘吞下50個半熱狗的紀錄。

1780年至1838年間，英國的人均國民生產總值（per capita GDP）用五十八年的時間翻了一翻。

1839至1886年間，美國的人均國民生產總值在四十七年內翻了一翻。

1885至1919年間，日本的人均國民生產總值在三十九年內翻了一翻。

1978至1987年間，中國內地的人均國民生產總值只用九年時間便翻了一翻，
然後在1987至1996年九年間又翻了一翻，
1995至2004年九年間又再翻了一翻……

愛因斯坦指出全宇宙最快的速度是光速，光以每秒186,282公里的速度行走，當你以光速前進，周圍的一切都停止。

心理學家發現，「現在/Now」這個概念只在人類的意識中逗留8秒，也就是說，8秒前的一切已經屬於「過去」，而8秒後才會發生的就屬於「未來」。

世界上游得最快的魚是旗魚（marlin），最高泳速可達每小時96公里，比游得最快的人要快10倍。

世界上飛得最快的鳥是游隼（Peregrine Falcon），俯衝時可達每小時300公里的驚人速度。

世上最快的飛機是SR-71Blackbird，據官方公佈，Blackbird有能力以聲速3.3倍的速度飛行。

春　消息
白雙全寄出的二十五封信

文：應霽　　圖：劉清平

身邊的朋友都在說，從來沒有看過一個藝術家有白雙全這樣婆婆媽媽！

婆婆媽媽，細眉細眼，其實是做藝術搞創作的先決條件，絕對是種難能可貴的素質。就是因為有太多自以為是煞有介事的大藝術家，覺得自己走出來就要高大威猛艷壓全場，所以作為路過觀眾的我們，常常會看到一些詩詩其談的超載的艱澀的未經自家消化的「作品」，所以，我寧願看到像白雙全這樣婆婆媽媽，回到那個藝術源於生活大於生活又回歸生活的話題，呈現自己對此時此刻此間的一些生活感覺。

同時，身邊的朋友提到白雙全都會很興奮，然後又若有所思的沉靜下來，拋出一句：他真詩意。

是的，有誰會在維多利亞海港兩岸分別把膠桶拋下海中打來相同份量的海水，然後裝入五個礦泉水瓶裡放到自家床頭成一水平，在海岸線被拉直海港被填平海真正消失之前留下海的

現實和想象？又有誰會在逛超市買薯片的時候，想到這些真空包裝來自各地的薯片袋裡，竟然是困著裝載著原產地的空氣！而因為他懷疑很多的「神蹟」只是人自己製造出來的，所以他有一個作品就安排了從超市購物單據中順序讀出「信他的人必得永生」的句子，開一個玩笑的同時叫人三思。還有寄去香港禮賓府送給特首曾蔭權的塗去音符的《獅子山下》的琴譜，至於那個把香港立法會議員就職宣誓詞寫在生菜上吞下去的動作，就不僅僅是詩意兩個字了。

要說藝術創作的震撼力和感染力，白雙全冷靜優雅的作了最佳示範，要談作品的社會參與和政治態度原則，白雙全也四兩撥千斤地真人表演了。叫我們驚訝的是，「概念藝術」、「行為藝術」、「抽象藝術」在這裡竟然閒得到人間煙火，沒有術語沒有教條沒有成規，有參與有互動一切來得自然舒服。

好奇地問雙全究竟他何來這樣的時間這樣的角度去慢看細看周遭──他選擇了每天「工作」兩個小時，以美術老師的身份帶一些中小學生的課餘興趣班，啟發同學的思維想象。因此這樣的「犧牲」，就換來了擁有了比別人更多的寶貴時間，去把一些普通不過的生活細節看得更深更透。而在學時間於香港中文大學藝術系的專業訓練，也是一種「轉化對事物的觀點」的能力培養──有了這樣的時間和空間，這位儲足彈藥慢慢創作的雙全，也在《明報》星期天生活版編輯的「逼迫」下，把自己的藝術創作和發表空間與報紙這個大眾傳播媒體微妙結合，年來交出一張不可忽視的亮眼的成績表。

冬末春未始，心血來潮邀請雙全繼續婆婆媽媽，提早迎春。因此有了面前的種子與泥土與信箱與海與濕潤空氣與鯉魚門馬背村居民的微妙對話，想不到竟然引發了比我們想像中要複雜的情與境，且由雙全──自白──

文：白雙全　　圖：劉清平／白雙全

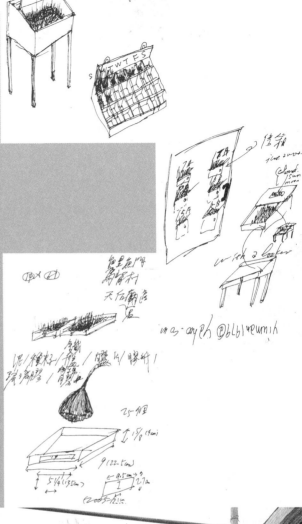

2005年12月14日

應霽來年會出版一系列四本以春、夏、秋、冬四季為主題的季節書，他找我做一件作品和訪問，為了令事件發生得更有趣，他要求我把作品和訪問的地方連繫起來。本來他選了銅鑼灣的After School Cafe做訪問，這裡有一張張學生桌做的餐桌，很有校園feel！它令我想起在中大讀書時在抽屜種草的習作，很想在這裡多種一次，為這裡棕灰的色調加一點青綠。可惜因技術問題未能如願，我只好再找別個種草的地方。

鯉魚門的馬背村有很多荒廢的信箱，星期日我和LC去看過，覺得環境很好，於是決定在那裡種植。其實思想來得很直接：春天／萌芽／重生／收信的感覺／訊息／聯繫等。LC提議把種子（經郵差的手）寄去郵箱，作品會發生得更美麗，但我還是用原來的想法：首先把荒廢的信箱按著（失去的）號碼用一個個預先打好的鐵皮箱作修補，然後放入泥土、種子、澆水、等待萌芽。我用的是赤小豆，頭二十天發芽成長時會很美麗，我在中間加了一些矮牽牛的種子，成功的話明年夏天會開花。

馬背村是政府即將遷拆的舊村，遷出的房屋都會封上石屎磚，提防外人搬入，因此村民有減無增，而大部份信箱已經是荒廢了很久（他們的書信都放在旁邊的白膠箱內），所以在我做作品時，根本沒有任何人來打擾我，偶爾有好奇的婆婆和新移民小孩走來圍觀，應霽就會告訴他們在拍廣告，他們都很歡喜跟應霽談話，因為他前幾個月在這裡拍過一個飲食的電視節目。

希望一切順利。

2005年12月15日

今日我再到馬背村，發現（我加的）郵箱裡的泥土和種子都被倒在旁邊的樹叢，但郵箱還是放在原好的位置，只是有些號碼亂了。我跟天后宮的廟祝牛哥（9號郵箱）打聽過，原來有些空的信箱仍有人在用，他們不要泥土，但要新信箱。我想還有另外一個原因是，他們發現信箱已經修好，就再用來收信。這裡牽涉一個我和LC曾經討論過的有趣問題：私人空間何時成為公共空間？就好像那些空掉的屋成了公共空間，任何人都可以進入，但因為有人進入，它又變成私人空間。（一個人代表了一間屋，一座山如果只有一個人，一個人也代表了一座山。）

我問應霽好不好腰斬這件作品，他說記錄這個（意外的）過程也很有趣。我找村代表毛太（67號）告訴我們在做甚麼，她很開心我們看中這個爛郵箱，她提議我們把豆種在她的家中，等需要拍攝的時候才放進去，我跟她說作品的意義是豆在郵箱內生長，她不太明白，但她願意借她的那格給我種豆（因為她霸了另外一格較好的信箱，把我做的67號牌除下來貼上）。另外的郵箱，我明天會在每一個放入一封信件，請求他讓我在他的郵箱裡種豆。只有在兩個情況下我才會把豆和泥（連同新信箱）再栽進舊信箱內：一、收到回覆願意接受我的請求；二、過了很多天仍未有人收信的郵箱。作品現在又回到第一步，好像多了很多雜音，又是很多實際的交流。

我問LC最近我的作品好像多了意外，她說是我作品牽涉的事複雜了很多，而時間又少了。

春日　懶宣言

懶，宣言？還用說的？
說實話你最清楚知道你其實不是一個勤快的人，
不是一個進取的人，不是一個野心勃勃的人……
換句話說，請承認請接受請欣賞你（和我）都是懶人。

如果你懶，我懶，她和他都懶，
世界就少了很多不必要的比較，猜忌，逼迫，規矩，壓力……

全世界懶惰者聯合起來！
對不起，懶惰者太懶，很難聯合起來，
也就是因為各自各的沒法聯合起來，
所以懶得更個性，更創意，更迷人，
上司懶、總統懶、清潔阿嬸也懶，
你和我更懶。

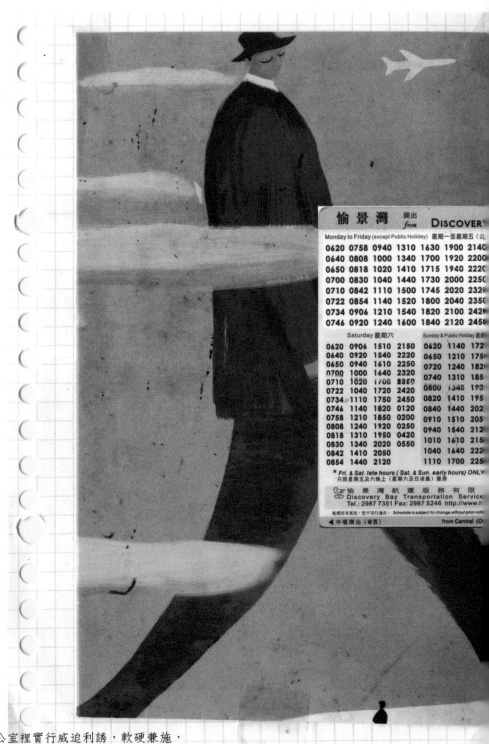

在辦公室裡實行威迫利誘，軟硬兼施，
爭取取消你周六周日的休假，把假期分別安放在周一至周五——
人家在工作你在放假，特別有懶惰的好感覺。

2005年12月17日

今日到油塘派信的時候，小女孩麥詠賢（毛太的外孫女）走過來和我聊天，她說是她把這些泥土倒去的，而且還留了幾盆在家裡的後園栽種。於是，我跟她到後園看看，果然有五盆，是16／24／40／56和一個沒有號碼的郵箱。小詠賢舉著豆盆，不停地說怎樣種豆。從小詠賢的後園望出去，遠處就是大海，入夜，浪聲特別響亮，小豆信箱栽種在這裡應該很不錯呢。

我吩咐小詠賢看守剩下的小豆信箱，不要讓別人拿掉，她說：「沒有問題，但暑假我要回鄉下，那時就看守不到了。」最後，她還扮小白兔讓我拍照。真搞笑！

2005年12月18日

如我所料信箱只有很少人用，我兩天前所放的（粉紅色）信件只有幾封被人收去。

勒杜鵑正開得火紅。

2005年12月23日

前兩天收到馬背村一個婆婆的電話，她說：「後生仔，你要做好事就去做啦。我是10號信箱。」實在令我感到很詭異，我沒有想過有人會回覆，另外我雖然不是做壞事，也不算做好事吧，有點慚愧，於是我再跟婆婆說清楚：「婆婆，你知道我會在你的信箱種豆嗎？種完才幫妳修補信箱。」她說：「我知呀。」於是我就把豆盤放入10號信箱，以及其中幾個沒有人收信的信箱（13／14／22／31／61）。

就讀海濱小學六年級的黃仔走過來打趣，問：「今天電視叔叔會不會來？」我說：「今天不會。」我跟他說我在做甚麼，請他隔天幫我淋一點水。之後，我探訪過毛太，她的豆盤仍未發芽，她說可能是這幾天太冷。我有點灰心，或者我應該找另一個合適的地方和時間去種。

2005年12月24日

再到馬背村時，見到黃仔，他說幫我淋了水。豆發了少少芽。我請他吃了一包點心麵。

多了一個68號信箱，獨立的放在一旁，看來有一戶新的居民搬入。他們都是先有人居住，後有信箱，我們是先有信箱，後有人居住。

2005年12月29日

旅行完回來，我再到馬背村，發現信箱內的小豆盤已
經長出了嫩葉，加上溫暖的陽光，一時令人很興奮。
我去探望毛太，連她後園的小豆信箱也長出嫩葉，她
說可能是天氣暖了的關係。

閒談間，毛太告訴我多一點關於馬背村的事情。原來
這裡只剩下二十八戶人，其餘的房屋都是空的，後來
有人把一些空屋「霸佔」了，賣／租給大陸來的新移
民，這裡就變得越來越「雜」。黃仔和10號信箱的婆
婆（從他們鄉音分辨）應該都是新移民，他們的家居
一般都很簡陋，有自來水有電，但到市區的交通不算
太方便。這裡背山面海，有些人還會開墾農地種花種
菜，生活方式很鄉村，節奏很慢。馬背村旁有一間海
濱小學，就讀的大多數是新移民。還有一座天后廟，
廟祝牛哥三代都在馬背村居住。

毛太還告訴我小詠賢的故事，她需要更多人的關心，
叫我多一點來探望豆豆，也探望詠賢。

由二十五個空的信箱變成二十五個長滿豆豆的信箱，
過程並沒有如我的想像出現。一些進入了人家的後花
園，一些被用作肥田料，只有幾盤的種子仍在信箱裡
等待、發芽、開花。這並不是一個不好的結局吧！

綠絲 無 窮
張西美和她的「高呼希雲」

文：應霽　　圖：劉清平／陳志藝

幾個像我們這樣年紀的前中年在這個樓高二、三十呎的房子裡，興致勃勃談的竟然是退休。

談談也好，反正嘻嘻哈哈的我們都知道，談談而已，這是未來廿年也未必可以實現的夢。

管他是根本沒錢吃飯所以不能退下來，還是竟然肩負家國重任不可退下來，以至是退而不休或者休而不退，退休總是一個有趣的理想。

我問 Edith 張西美未來日子的良好冀盼願望，她一貫爽快地笑著大聲回答：不負責任！

真的真的，我們平日實在有太多自然的非自然的責任，是人家的兒子女兒、是別人的男友女友、是爸爸是媽媽、是上司是下屬、是同學是老師，就像面前笑咪咪的Edith，是我們熟悉的好些九〇年代經典香港電影如《黃飛鴻》系列、《91神鵰俠侶》、《風雲》、《滾滾紅塵》、《東邪西毒》等等的服裝指導美術指導，是服飾工作隊 The Costume Squad 的主持人，是聚集一群紡織物研究愛好者的 Textile Society of Hong Kong 的熱心中堅，是開「店」不到一年

的Cloth Haven「高呼希雲」的負責人，也是電影導演會主辦的美術班的負責老師……就是這種種角色身份，都叫我們忽然察覺到自己的責任，尤其當我們在工作閱歷和生活經驗中都有一定的累積，有自己的觀點角度和行事方法，就更加覺得要將一些值得珍惜的經驗保存下來流傳開去——

就像每一位面對現在的學生的老師們一樣，Edith和我都深深感受到那種嘔心瀝血的情況——學生小朋友們懶的懶散的散，對學習無熱情無感覺，為什麼跟我們當年相差這麼遠？——也許我們當年在前輩的眼中，也是如此的不濟，但前輩們就是沒有放棄，鍥而不捨把平生所感所學，一一細緻的傳授。Edith幸福，當年出道時受學於胡金銓導演，了解認識到電影服裝造型跟歷史資料的一絲不苟考証關係，也跟張叔平、奚仲文等等一線高手合作，從他們身上學會了大膽創新不斷修正求變的嚴格態度。

電影製作是集體力量的整合表現，當中環環緊扣互相牽引，根本不能懶散怠慢——即使鏡頭面前營造的是主角之間的浪漫悠閒，幕後工作人員卻往往通宵達旦汗流浹背而且需要快刀斬亂麻當機立斷，慢，只能理解為一種耐力韌力，一種持久的對創作對生活的熱愛——如此這般，又怎可能退休走開呢？

但我們還是在做夢，夢想終有一天可以退下來，可以有機會看完錄影了好幾年還未看的電視節目，看完那些堆疊得天高的雜誌報紙書本和DVD，可以織布可以做餅，可以種花種草，可以東南西北再續未了的旅途——但當夢還是夢，Edith還是把目前最應該做的一一實現，

把原來在九龍尖沙咀的工作室搬到稍稍陌生的港島上環老區——小街叫做差館上街也真的要翻查地圖才知道原來在此。老區的印刷舊舖搖身一變成了工作室跟陳列室跟展覽活動空間結合的地方，連電影美術班的同學也索性帶來上課來實習。而且跟舊區的街坊街里交往中，相互激發一種神奇的化學作用——身邊有身兼小食店掌櫃與氣功中醫的老師傅、有長生店新一代女

掌門、有時裝觸覺的紫鐵阿哥、有半裸開工的製臘腸工友、有走遍異地進口奇特食材的老外……看來Edith在這個新環境裡如魚得水，管他負不負「責任」，反正離真正退休的日子越來越遠。

「高呼希雲」開「店」不到一年，除了誤打誤撞走進來的生客真的沒有什麼東西可以買走（又或者看中了很想買的主人又堅決不賣！）一眾同好卻真的把Edith這裡視作一個寶藏，一個資料庫一個開心集散地──你可以在這裡找到忽然出櫃出土的上世紀三〇至六〇年代的驚

為天人想像以外的織物，可以盡眼望到各方友好收集的上千條手帕，可以在這裡坐下來學習由日本紡織藝術家Misao Jo城節男創立和推廣的SAORI紗織，在經 緯交織中找到獨一無二的尊嚴。這裡也長期展售雲南永勝地區少數民族婦女的針黹工藝，樸拙的作品自有一種生活的堅忍能量。

而最叫Edith享受的，就是這種不以賺錢為唯一目的的「經營」，每回的展覽和活動都是自己給自己的一個學習機會，可以讓大家從不同的角度再探討什麼是紡織物。就像面前這個喚作「綠綠無窮」的主題展，Edith挑了一個自己最喜歡也最有難度的綠色，徵集整理身邊一切綠色的軟硬物件，綠是回憶綠是循環綠是功能綠是生機，綠得活潑放肆，綠得嚴肅認真。

當一室的綠安放好了，赫然就是一種mannerism一種傲氣一種信心，綠綠無窮這個題目最合適不過。

問這位同門學姐為什麼在眾多創作中偏好織物布料？她瞇著眼回憶起童年時候外婆和母親在身邊手打毛線衣裁布做衫的情景——我第一次認識的線條不是用筆畫的，那該是在布料的一行上上下下的線，而我發現我沒法喜歡那些沒有質感肌理的平面——再次聲明，我不是時裝設計師，Edith說。

Cloth Haven高呼希雲，香港中環差館上街7號地下　clothhaven@hotmail.com

千里之行
懶　於　足下

文：應霽　　圖：劉清平／陳迪新

有一天老同學清平跟我說，我們得趕快走一趟大嶼山從東涌到昂坪這一段路，因為登山纜車很快就要建好了，有了這麼方便的交通工具，我們就再也不會選擇徒步上山了。

清平以一貫冷靜語調輕鬆地說，我聽來倒是很悲壯的：新舊交替取捨，又是一個大時代的故事──而事實上，即使纜車未建好，我們也不一定徒步，可以選擇坐公共汽車，假日二十五元，非假日十八元，甚至計程車全程大概一百塊的價錢。從這裡到那裡，花錢不花錢，總有幾種方法，懶走路貪快貪方便的，揚手叫車就可以從海邊到山裡。

從東涌到昂坪這段山路我並不陌生，小時候假日裡跟著爸媽在香港郊野離島到處跑，是一種逃離城市鋼筋水泥森林的家庭教育吧。每年春節的指定動作就是到大嶼山鳳凰山西北坡昂坪的佛堂裡避年，十幾年從不間斷。大年初一到年初三在雲霧裡翻滾，快活不知時日過。初四下山的路徑之一就是從昂坪徒步走到東涌，慢慢走要花上半天的時間。

當年的東涌還是漁村還有農地，說來我的第一次同時是最後一次下田插秧的經驗就是在東涌。想不到滄海桑田這句老話是真的，現在的東涌已經是個跟市區沒什麼兩樣的新市鎮，只是空氣污染指數常常超標，比市區更嚴重，叫老遠搬來以為可以享受藍天碧海的居民欲哭無淚。也由於鄰近有還算叫香港人引以為傲的赤鱲角國際機場，東涌也成了交通中轉站，耗費港幣七億五仟萬元建造中的通住昂坪的登山纜車，也是從東涌出發。

說回昂坪，倒是既熟悉又陌生，寶蓮禪寺進出不知多少回，可是總覺金碧輝煌太俗氣太商業，提供的齋菜也如快餐即食，從來未叫我感動。至於後起的大佛也馬上成了旅遊觀光景點，熱鬧有餘清靜欠奉，叫人敬而卻步。至於寺旁小路通往的茶園和馬場，倒是數十年如一日樸實簡陋的以不變應萬變，買買茶葉騎騎馬，是主題公園興起前的大眾娛樂。當年年紀太小，未有隨父兄輩攀登到鳳凰山頂觀日出，將來纜車建成，住在大嶼山另一個社區的我是否會因利成便，找個機會圓了這個登山夢？

平日習慣在城市裡平面走動，從這一點到另一點都有準確計算，大多都有越快越好的交通工具代步。我們的依賴和被動就是這樣慢慢培養起來。

一個早上我們約好在東涌碰面，先被那些纜車建築工地圍板吸引過去，架空鋼索已經建好，

正在試駛的鑽石型的纜車怎樣看都像玩具，將來要走進這車廂通過透明大窗，一睹腳下的海景山境，至少要付單程五十元的票價，用十七分鐘的時間，從東涌市中心直達昂坪天壇大佛腳下。相對於公共汽車全程用去大約五十分鐘，省下來的時間足夠跑完一趟寶蓮寺極速點香拜神許願祈福，或者是到昂坪纜車總站連接的同步落成的旅遊村買工藝品作手信，到主題餐廳吃碗麵，在荷花池拍個照留念──我們大抵都習慣了高速高效率善用餘暇，高消費也是無可避免理所當然。

由香港地鐵公司承建的東涌纜車原定啟用落成

時間是在2005年8月，不知什麼原因卻延遲了，倒是迪士尼樂園卻如期出現，每晚花火滿天。特區政府理想中一環扣一環推出的大嶼山發展大計聽來足以叫我這個居於大嶼山已經十六年的老居民震驚──大嶼山發展將有南北之分：北郊發展經濟如興建物流園、跨境交通樞紐、國際博覽館、會議中心、水療渡假村、三級方程式賽車場、主題公園、高爾夫球場度假村等等，南部卻著重悠閒式生態旅遊，興建單車徑、水上活動中心等等，雖然這目前都是一些發展的概念計劃，但在經濟發展壓倒一切

的心態下，來勢洶洶的準備把大嶼山這個香港境內最大島嶼剝皮拆骨，自香港開埠以來保存至今的島上僅存的一點自然景致恐怕蕩然無存。

正是因為每一棵樹長成不同樣子，我們的自然才有生趣，因為「發展」，因為要造就一個又一個經濟「奇蹟」，香港和香港人已經付出太多 — 我們已經失去了河流、濕地、樹林、農地、漁村、魚塘、海港、海岸線—換來的是長得幾乎一樣的商廈、一樣的豪宅、一樣的購物商場、一樣的主題公園—可惜而且吊詭的是，機關算盡的決策單位也是因為懶；懶得獨立思考、懶得因地制宜、懶得持續保育、懶得承擔真正的責任，簡直就是為懶的負面作用做了最佳示範。也許該向當事人提醒的是，要麼懶就懶到底，清靜無為什麼也不動，讓大嶼山不再被折騰得七勞八損，後世子孫肯定會感激無限。

春光正好，到林中園裡看花看樹之際，
請避開所有看見一窩工蜂、一群工蟻的機會，
以免意志薄弱受感染忽然努力起來。

What an old monkey:
Amenhotep III and his
world, Cleveland Museum

111

春意雖濃，
但你懶得向身邊的俊男美女拋媚眼，也因此懶得有約會、
懶得喝醉、懶得送她或者他回家、
懶得脫衣、懶得上床……

"Big Fishes Eat Little Ones," Pieter van der Heyden.

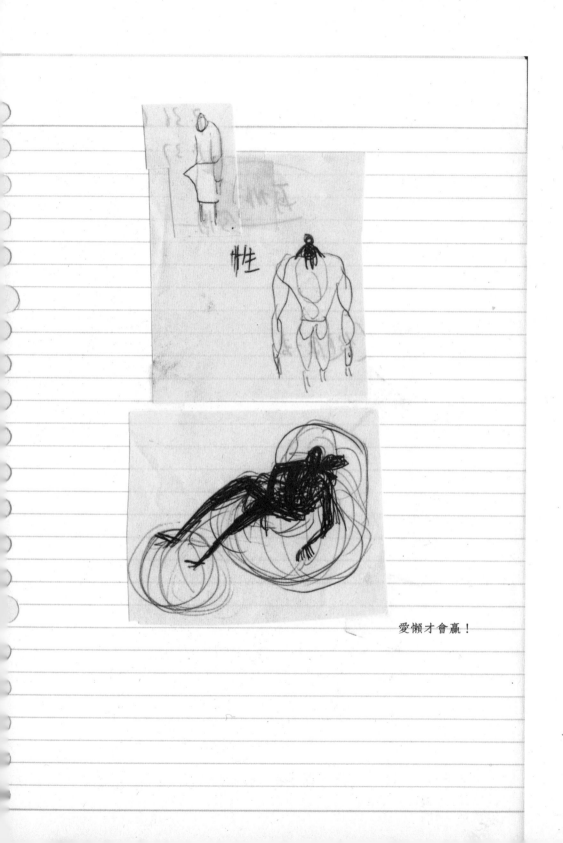

性

愛懶才會贏！

明天，後天，
下一個星期，下一個月，
下一次，再下一次。

LEONARD COHEN THE FUTURE

LEONARD

THE FUTURE

站在還未完工的昂坪總站工地前，直昇機正把
建材物料從這個山坡吊到那個山坡，轟轟地捲
起一陣又一陣泥塵。趕忙掉頭繞過去，走在通
往茶園的小路上，一行人談不上心情好不好也
沒話好說，正午的陽光出奇地淡，路過的依然
簡陋的林中茶寮環境竟然變得清幽，直至走到
鳳凰山坳口，面前豁然開朗，右面坡上是國學
大師饒宗頤教授手書木刻的壯觀的心經簡林，
一根根巨木以無窮無盡的8字排開，遠眺下望
有霧靄中的石壁水塘和索罟群島，抬頭左望是
鳳凰山——在纜車通行之前，我慶幸還有這個機
會不慌不忙地在這裡走一遍。

當 冬天和春天 在一起

文／圖：銘甫

A different LIFE...

柏林連續第五天的大雪，我和clea在廚房開始了這個嚴肅的話題。
起因我想是因為，Christian在柏林買了一間公寓，於是他的朋友開始批評他過起布爾喬亞的生活。

「為什麼不？」我反問。
反對，不一定要選邊。最好的反對位置，其實通常在另一邊。
我提到了中間路線，雖然在德語裡，中間路線有著強烈貶意。

這時我想起了惠雅在MSN上寫著的
「詩人？不……是身上留著革命的血！！」

mimi聽起來像是通關密語。我進去Subversiv，問了一下吧台裡的人。
mimi這時就坐在吧台邊。我上前打了招呼，表明來自台灣，她立刻會意。
mimi是網路上認識的朋友，她替Subversiv管理網頁。她以為我本該兩星期前就出現的……

她知道我為了VOKUE而來，
Volkskueche，「大眾廚房」。

我向吧台點了一份餐，1.5歐元，合台幣60元，盤子裡裝滿了馬鈴薯、沙拉，以及燉蘑菇。
都是Vergans，無動物脂肪食品。
看了看四週的人，大部分是年輕的龐克，那種氣味，我再熟悉不過。

VOKUE是柏林這兩年才開始的一項自發性活動。
幾個人輪流作菜，然後在某些地方以極低廉的價錢分享給大家。

動機單純，就是提供低價食物給收入低於生活水平的人。

我當然不是為了低價食物而來。
我只是想知道，這群人在做著什麼樣的一件事，
以及，腦中有著什麼樣的想法。

我的出現，其實，讓這個地方顯得有些尷尬。

當我進來Sbversiv時，我清楚知道，我根本就是他們眼中標準的布爾喬亞。
整條Brunnen大街上，貼滿反布爾喬亞標語。
我穿著大衣，剪著整齊的頭；
臉上除了眼鏡，沒有穿刺其他金屬；
身上帶著相機，而不是香菸打火機。

但這個衝突跟尷尬，恰好給了我強烈的勇氣。
因為我清楚知道，我不是詩人，只是身上留著革命的血。

我按照計畫去拜訪了Tuntenhaus。

計畫？我其實也沒什麼具體打算，只是知道，
強烈好奇心在後面驅使。
亦或是革命的血在加速流動？

Tuntenhaus是我以前住在柏林時的鄰居，就在栗子大街上。
Stefan跟我約好在他們的廚房碰面。

柏林有著許多KOMMUN，也就是「公社」。
一群人同住一棟屋子，共同使用廚房、衛浴，以及客廳。
那是六〇年代留下來的一種「精神」。
我對這種生活方式感到著迷，急切地想多知道一些。

第一次去Tunetenhaus的人，大概會被房子的凌亂嚇一大跳。
它的確是一棟很破敗的房子，而且十分無政府風格。
樓梯間貼滿海報標語，空間裡堆滿路上撿來的雜物。
我直接叫它是Tutenhaus Style。也是標準的Punk Style。

我們在廚房裡聊了一會兒，
接著Stefan就帶我參觀這棟房子裡其他的生活空間。
有另外三個廚房，以及一個洗衣間，一個浴室，三個廁所。
還有一個客廳，一個電腦室。

最特別的是，他們有一個自己的「印刷廠」，專門用來印製活動海報及傳單。
我腦袋裡最直接的聯想就是，地下游擊組織。

POWER TO THE PEOPLE
這群人所擁有的最厲害武器就是，群眾。
而海報，標語，傳單，正好就是喚起群眾最直接的語言。

我看著他們正在印刷「聲援YORK 59居民」的活動海報，
心裡有著莫名的感動。
我隱約明白，革命的血，終於流向何方。

在栗子大街86號的大門穿堂，擺著許多蔬菜水果以及麵包。
Stefan說是，有人專門去特定地方收來那些剛剛過期的食物，
食物本身其實還算完好可食用，然後放在這裡讓大家免費索取。

Mario，個子看來瘦小無力，但是動作十分敏捷。
他志願負責做這項工作。
我立刻問他，是否可以加入他的行列，星期五那天，跟他一起開車去找食物，
然後再幫他把食物分配到城裡的兩個地方。

於是，我們相約早上十一點見面。

氣象說，大雪會持續下到週末，
但我想說，雪地上的柏林，其實一點都不冷。

02/03/05

Clea已經不只N次阻止我，叫我不要吃泡麵。但我其實很固執。我知道，我吃泡麵，是因為身體受不了這裡的寒冷，需要熱湯來支持。今天跟Mario及其女友Alicia開車去郊區收集食物，在冷空氣裡待太久，給凍壞了。

Mario做這項工作已經三年，蒐集廢棄食物，提供給遊民或是生活困苦的人。然而在四個月前，政府干預他們的活動，說是製造附近環境污染，便把放置免費食物的場地收回。
如今，Mario只能把食物放在栗子大街，以及另一個Brunnen大街的公社裡。

這其實都屬於Mario口中所說的Project的一部分。
這個Project是個非政府的自治團體，專門幫助遊民或是低收入戶。
他們有自己的活動營收，並且靠許多像Mario這樣志願協助的人，來完成許多計畫。例如，他們有自己的 "Collective Cafe"（集體咖啡館），有自己的商店，收入都歸這個團體所有。
政府好幾次干涉，但都因為他們強烈而有效率的抗議，無功而返。這就是人民的力量。

我們一共去了六家超市，從離市區最遠的一家Minimal開始。那一家通常也是收獲最豐富的一站，我們在那裡得到了好幾箱新鮮的草莓，好幾箱巧克力餅乾，以及一大堆你可以想得的各式罐頭。看著這些剛過期，或是即將過期的食物，我不禁發出嘆息，原來，我們並沒有好好對待食物。到底是供應過剩？或是購買不足？
Mario他們不去理會市場的問題，他們只是問，為什麼要把食物丟棄，而不去餵飽那些挨餓受凍的人？

的確，這些食物原本是交由清潔公司去處理的，Mario之前去跟他們交涉，超市才同意把過期食物交給他處理。不知道是不是因為這家超市地處偏遠，我在想，還是因為生意不好，才讓這麼多食物過期了？因為每天，Mario都要處理這些為數不少的過期食品。
我邊搬運箱子，一邊看著食物保鮮日期，有些甚至還有一個月的保鮮期，就被提前處裡掉了。
Mario邊搬邊對我，「拿，拿。拿你需要的東西，晚上也可以煮飯請你朋友吃！」
他們也留下他們需要的食物，因為他們還負責在週末時，在集體咖啡館辦PARTY，需要煮飯請樂團吃。

我們接著去了幾家位於市區的Kaiser，但是能得到的，通常就只有一兩箱食物。其中一家位於Arkonaplatz 的Kaiser，工作人員非常親切，並且把東西整理得非常好，大部分都是不錯的食品。Mario說，他認識這些人已經三年了，每天他們都會把按時把食物準備好，交由他帶去分配給遊民……
Mario吞了一顆維他命，繼續說。

他不知道這個行動可以持續多久，因為現在食物放在他住的大樓穿堂裡供大家索取，如果房東抗議，他就必須再找地方。還有，就是附近土耳其人的雜貨店也會抗議，因為大家都知道這裡有免費蔬菜、餅乾、麵包、罐頭可以拿，沒人再花錢去他們的商店裡購物了。

Mario的女朋友Alicia是捷克人，她負責集體咖啡館的VOKUE。
閒談中，她談到了想開一家捷克小飯館Imbiss，這樣她跟Mario就可以有一份固定的工作。事實上，他們兩個都到處打零工，有時候幫人開車，有時候幫人帶小孩。
是什麼理想在支持他們做社會工作？而且這個社會工作完全沒有政府補貼。或者，他們一點都不覺得他們在做社會工作，他們只是覺得，不要浪費食物。

我腦袋裡隱約有一份藍圖，關於A different life。
關於「次社會」、「次文化」。
偏激一點說來，他們正在實踐他們理想中，真正的「自治社會」，跟當今政府劃清界線。
但我心裡仍有很多問號。我悲觀認為，任何組織的成立，都跟權力脫離不了關係，因為「人」天生是貪婪的、利己的。所謂的「自治社會」，並沒有比當今主流的「民主政府」崇高，因為你不能要求人沒有私慾。

去拜訪TuntenhausKommun時，Stefan也談到了「公社」裡的幾個問題。當然，公社裡的每個成員權力均等，他們每個月開一次會，討論彼此的問題。但是，不可避免，這個團體會製造出「英雄」，曖昧地說，就是的「領導人」。在Tuntenhaus裡，不用他說，當我看到Anton在印刷廠裡列印海報傳單時，我嗅到了，Anton就是這裡天生的「英雄」。

Berlin的Kommun公社，天生就是反主流社會的。
看著栗子大街上的商店一個個變得Chic、昂貴，變得迎合布爾喬亞品味。Stefan說，他已經準備離開這裡了。就如同現在的KollwizPlatz，六年前是如此迷人，有不起眼的Cafe，低調的俄羅斯餐廳，還在每週末放映Tarkovsky的《鄉愁》……
那是我所能趕上最美好的年代，最美好的柏林。
現在，KollwizPlatz充斥著應付觀光客的餐廳，一個比一個有異國情調。
我的栗子大街也難逃這個厄運，繼Mitte之後，跟著淪陷在龐大的流行消費熱潮裡。
沒有任何地方是值得哀悼的，只有消逝的精神供人憑弔。我也準備正式跟栗子大街告別了。
我要去Friedrichshein，柏林最後一個尚未過度商業化的地方。

如果我跟小樹說，柏林的收音機裡又傳來了「Eyes of Tiger」，他一定昏倒。這首歌像是不散的幽魂，一直徘徊在柏林的電台裡，準備隨時對我播放。

從何時開始，柏林的許多U-Bahn也在週末的夜間行駛，我全然不知。終於，柏林週末夜裡數不盡的大小Party，終於可以輕鬆地串聯起來，而不必在下雪的寒夜裡，等待寥寥可數的夜間公車。

我在柏林的身分，今晚又回到了布爾喬亞。週末夜，我要去Clubbing。Mario今晚在集體咖啡館辦Party，據說是從Potsdam來的搖滾樂團，之前答應他們要去捧捧場。接著要去十字山丘的一家舞廳，他們今晚有八〇年代復古之夜，我的最愛。然後回家小睡一會兒，一大早又要趕三個跳蚤市場。這就是柏林，Spannend。

結果。Mario在集體咖啡館的concert意外地好。

我仍然是一付布爾喬亞打扮，白色西裝外套，是特別為週末準備的。Mario說我看起來很chic。我是。

今晚的門票3.5歐元。Mario說Alicia負責今晚吧台的工作，我上前去打了招呼。Alicia給了我一個擁抱，熱情地要我試試看捷克啤酒。當然，捷克啤酒仍然是我旅行當中念念不忘的佳釀，怎能錯過。Mario接著在一旁遞給我一根Joint，要我試試，他說品質很好。的確是，我深深吸了一口，一陣美妙的暈眩直灌腦門。幾口Joint之後，週末Party的感覺全部到位了。

Mario帶我去他最喜歡的演唱會位置，二樓夾層。這個地下室的結構很怪，一下子突然挑得很高，直接頂上二樓，所謂夾層就是鋼骨搭起來的走道。演唱會即將開始，Mario很興奮地說，今晚一定會爆滿。「而且，今晚完全是非法的演唱會。」他這時又露出了得意的笑容，標準的安納其笑容。

今晚兩個Band全部是龐克搖滾。第一個團是標準的德國灰色龐克，偶爾會有悲情而動人的旋律，但是顯得比較沒勁。中場休息時，場子裡明顯湧入許多人，看來是衝著第二個團來的。其中我看到幾個人有備而來，開始在耳朵裡塞上棉花，一股山雨欲來的感覺。果然，第二團的爆發力十足，很有Beastie Boy的味道。這時場子裡也開始騷動起來，一群人看似舞動，其實是互相衝撞，如儀式一般，撞得一整群人東倒西歪。我在二樓夾層看著，竟也開始莫名其妙笑了起來，不可抑制的笑；一方面笑舞台前群眾衝撞的戲劇效果，一方面笑我剛剛的Joint，後勁真的很強。

演唱會之後，我還是去了十字山丘的八〇年代之夜，我知道柏林的八〇年代Party從來不會讓我失望。

週末的柏林，又是一夜大雪紛飛。凌晨四點的街道，被細雪覆蓋得很乾淨。我的思緒也是。

回家的路上，在土耳其Imbiss買了個Pizza，大雪中便吃將起來。紅綠燈前停下腳步，不經意回頭看看雪地裡留下的一排乾淨腳印，景深拉得好遠，幾乎一直要到世界盡頭那麼遠。那一刻，我好希望好希望，時間就這麼凍結起來。

05/03/2005

浪遊 鄉 願

文：應霽　圖：黃錦華

銘甫，一個南北東西飛來飛去的朋友，一個到處撿拾破爛再變成寶物予人分享的朋友。難得見面聊天，倒是常常在網上看他發給大家的行旅日誌——

重遊勾留過好一段日子的柏林，驚覺這個城市在圍牆倒下十多年來的高速發展中失衡，政府財政面臨破產，那些昔日好友那些遊走在本應層次豐富的藝術文化空間的龐克族和各種界別的創作人，普遍彌漫悲觀憤懣，就連街頭一地落葉，也牽引起銘甫的起伏心緒——鏡頭一轉是北京的初雪，一臉雪花的他笑得如此燦爛，新年快樂在明顯不是故鄉的異地——異地可其實就是原鄉？

吾家何處

身份重疊多樣，開過旅行主題的咖啡廳，在巴黎柏林等等歐洲古老城市長時間待過混過，一直無間斷的旅遊寫作紀錄，也正在台北經營的是一家把東西方家用舊物重新整理陳列的專門店，銘甫的生活體驗和經歷是叫許多年輕後輩嚮往叫許多同齡友好嫉妒的。也是因為他夠俐落果斷，肯把自己拋身出去，浪遊不一定浪漫，離家在外要勇敢面對的往往是意想不到的脆弱的自己，還得一再殘酷地問，究竟何處是吾家？

儘管他的心可能留在柏林，留在巴黎或者留在北京，可我總算幸運的可以兩回造訪他在台北天母的家。頭一回是在一個晚上，他的剛從美國回來唸完廚藝專科的室友為大家精心準備了一桌豐盛，用道地的海鮮魚獲結合法國烹調技法，美食美酒加上一室笑語，暈黃燈光下有點迷惑究竟身在何方？因為身邊的都是來自五湖四海的老傢具，知名不知名生活器物——來自德國的三、四○年代單椅與北京某個單位辦公室淘汰出來的厚重檔案鐵櫃遙遙相對，歐陸某個破落大宅一面還算完好的雕花鑲邊鏡子映照著一台傳統中國木作古玩架，平日看來俗艷的塑膠珠串掛簾在這裡多了一點嫵媚，進進出出嘮嘮答答有聲，半醉的一眾隨意敲著玩具鋼琴，我當然在堆疊那一大盒彩色積木——

捨不捨得

也許有不少人都愛在跳蚤市場裡撿破爛在古董店裡討價還價，搬回家一室都是不同年代不同國籍的寶貝，但很少人能夠像銘甫這樣敏感準確地在茫茫大海中挑選出水準以上的真愛，膽色過人地從千頭萬緒中整理出一種欣賞方法，更把自己的私家興趣變成一種予人分享的經營。一年好幾回，一個又一個貨櫃從國外從大陸內地進到台灣，倉庫和陳列室安放不了都會先放家裡，所以這個小小的居家環境裡的一切也隨著生意淡旺而變化。今天好好坐著的一張沙發可能明天就被客人買走了，貨如輪轉當然是件好事，但捨得捨不得又是一種心情。

第二回到銘甫家是個早上，一個不太寒冷的冬日，吊詭的是天氣預告有颱風來臨，百年難得一遇。這回只喝溫水沒喝酒，明白清楚地看到一室器物分佈格局有了明顯不同（也就是說最近生意不錯！）。坐下來聊天，先是從身邊那來自德國的一張可以收放延伸的精彩小餐桌談起，馬上就轉到他對幾個衷心鍾愛的城市的觀感——

遊走落差

說得一口流利德語的他要在柏林待下來應該是可以的，儘管叫他勾起無數回憶的酒吧落腳地已經一所一所地消失，往昔好友也是來來往往聚聚散散，但這個都市還是在不斷更新和繼續墮落中激發產生一種奇異迷人的能量，新舊衝激的氣味可夠嗆的。而從這有危有機的歐洲都市一步跳往北京，一個銘甫認定是最波希米亞的中國城市，同樣是新舊夾雜落差異常龐大，日常生活的快慢速度以至天氣的極端，需要花很大的力氣來協調平衡適應，但對於一個萬事萬物都有好奇都欲求知的人來說，在京城上可以碰上的人和事總是那麼的新鮮同時深厚。至於那依然深深愛著的台北，因為太熟悉了解，也自然更多要求更多感觸——對於政客的短視和野蠻，對文化的踐踏糟蹋，銘甫的確忍無可忍，對所謂「去中國化」的論調也實

家裡總得安排一個可以安心坐下來讀書的位置。

在不敢苟同，社會上泛政治的種種狀況已經令族群分裂甚至侵犯到家庭和人身自由，作為一個對生活充滿熱情但對政治並沒有興趣對政客行徑很反感的人，也實在不能不憤起發聲。但在某些關頭也不禁考慮是去是留的問題。愛之深恨之切，身份認同的予盾混雜全球化與在地方的衝突，竟都在一個看似溫暖細緻的家居空間裡隨時爆發。

這不再是一個徒呼理想空喊口號的年代，我們的確需要的是對生活的深情投入，仔細安排，經營室內的同時不忘外面的有趣多彩，以最大的彈性和跨度幅度去好好過活，浪遊的同時有美好鄉願，

不管身在何處擁有多寡，能夠最純樸原始的話，就能夠最絢麗繁華。

私家檔案

又碰上一個對辦公室檔案櫃有情意結的人，就像碰上一個一直堅持用自家棉麻手帕的，或者一個從來只穿筆挺白T恤的，同道中人，當然會心微笑，可知這一笑背後有多少執著有多少累積。

生活中的千頭萬緒，可會是一個檔案櫃就能妥當存放整理分類？又或者有多少鮮為人知的秘密，以為仔細收納好了，怎知下回忙亂翻掀連自己也忘了藏在櫃內哪一個暗格？檔案櫃其實跟藥櫃有什麼不同？自己又該為自己配什麼藥，好治理種種不滿不快？

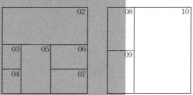

02.家裡陳設不斷流轉更替，暫時擁有一種微妙。
03.老得走不動了的皮箱有他們退休後的功能。
04.積木迷如我在這裡找到了可以自個兒消磨一個下午的玩具。
05.當風箏變成燈飾。
06.還能發聲就得爭取每一個機會。
07.不必統一格調口味，生活本有其跨度幅度。
08.如何陳列裝置各有性格的生活器物，也是一種刁鑽的學問。
09.久違了的塑料珠簾，別有昔日風情。
10.穩實厚重，檔案櫃有它的權威魅力。

魔鏡魔鏡

曾經在一家古董舖看到一塊人身等高的古老大鏡，鏡背水銀膜已經脫落得花白斑駁，走前去勉勉強強看到自己的好奇模樣。

掙扎一番還是沒有把這一塊大鏡搬回家去，是因為總有點顧忌，也許是小時候鬼怪故事聽太多了。時運高低，能量強弱，鏡裡面看到的即使只是自己，也會有不同氣色長相。魔鏡魔鏡誰最漂亮其實不重要，正如銘甫在一封電郵裡寫道：

突然間，我對於「變老」不再感到焦慮，對於

11. 來自江湖四海的如今自成融和生態。
12. 簾內簾外，時空過渡。
13. 小小廚房經常變出一桌豐盛。

「未知」或「不知」，泰然處之，新的世界，有很多我不知道的玩意兒，而且我可能一輩子都不會知道，但我確實知道，我以前曾經說過要學好德文，說過要去布宜諾斯艾利斯，說過要去歐洲過下半輩子，現在很清楚自己該做什麼了，只要回想一下，自己曾經有過的夢想，然後想辦法繼續完成——

魔鏡魔鏡，本身就有一個姿態。

等待 春來：北國 時光

文／圖：彭倩幗／黃淑琪

映像化不可能
と言われた
4つの江戸川乱歩作品が
ついに完全映画化!

走進書店報攤，當你開始被「一個人」，「花時間」，
「the idler」，「Real simple」，「慢活」，
「慢食」等等書籍雜誌的名字擊中，
証明你的懶惰潛質正在上昇，
當然，最該買的一本叫《慢慢快活》。

春日天氣暖，萬物滋長（包括各種厲害細菌），
懶聚眾懶上館子，以免腸胃功能紊亂，
退一步回家吃飯，清茶淡飯不時不食，
至於懶得在家裡動手燒飯做菜的人──
那不是懶，那是蠢是笨。

RAF SIMONS

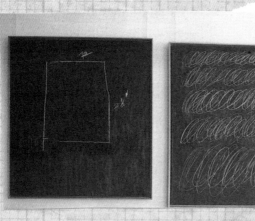

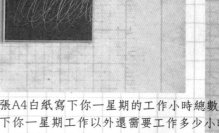

用一張A4白紙寫下你一星期的工作小時總數，
再寫下你一星期工作以外還需要工作多少小時，
你就知道你的懶惰質素正處歷史新低，
再不懶惰就連懶惰兩個字也不懂得怎樣寫。

清明時節雨紛紛，
最好就懶在床上什麼也不做。
一向慎終追遠的你最好平日就把先人的照片
（那怕只是小小一方）放在家居日常明顯處，
朝夕相對時常問候，掃少一趟墓也不過分。

54

：雪的時候，白茫茫的地在跟天和水溝通。我曾在結了冰的海上散步，躺下。

：春天 呼喚記憶的季節 連友人們也一併帶回來

：水，在靜止的冰下流動。他們說，稍候，水會破冰如泉湧上。

：湖面倒映著冬天的臉 同時反射著春天的閃耀

：於是等候的每一秒都相當重要。是一個過程。

：友人悄悄道：「唏，挪威傳說中的森林山妖應是時候甦醒了！」

：芬蘭人在第一線進來的陽光下露出笑容，我驚覺氣候對人心的影響。

：「哞，還是多等一會吧！」

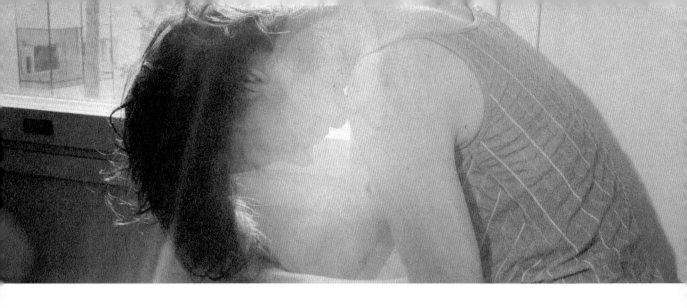

：我記下了芬蘭初春的顏色，是鐵鏽色。寶藍的天色＋日光斜照的橙黃色＋房間的人工橙紅色。

：等待 也是春天的回憶

慢拍

你的　時間表
我　的　路線圖

文 / 圖：吳文正

乍暖還寒，四季不甚分明。天氣無常，一個噴嚏，就叫做一個季節的來臨。

失落的時間表，叫人恍惚，教人沮喪。你當學習在不能預知的路線上，
轉移視線，反轉角度，好叫自己對生活再感亢奮，不至落寞。

城中生態千變萬化，自欺欺人的尋找自然。鋼筋比青草更茁壯，
家中貓咪不再叫春。在選擇所謂更美好的同時，我們將要付出怎樣的代價。

縱使你我有著不同的時間表，還希望在生活的渴求上，我們有著相同的路線圖，
沿途風光明媚，輕輕鬆鬆地踏上每一步。

世事無常，黑白還是分明。

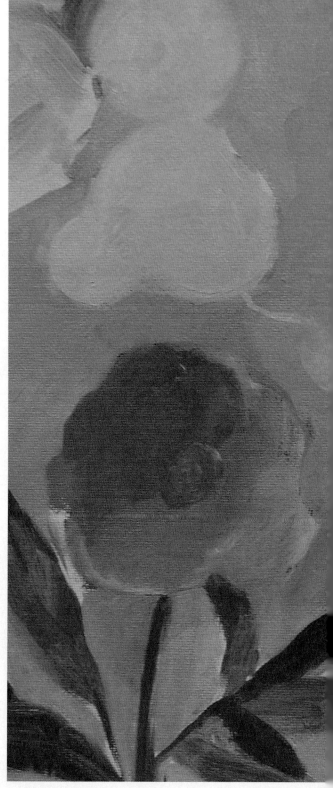

童年往事

情感一天一天揮發於半空中
如空氣
無色無味地消失

首先一群人潮散去
盛開的鮮花早就凋謝
那棟中學也飄於天空之中
照片不斷地褪色
一雙眼睛不見了
然後　公園　小狗　校服　電車
她沉沒於大海中
海水也開始揮發
乾透了
我飛到半空卻看不見你

人越年長
應多走路，運動
多注重健康

慢筆

青　春

文／圖：何達鴻

發育

開始
留意女性髮尾飄揚的波紋
留意肩膊發出的柔香
留意背部的曲線
留意皮膚的顏色
留意毛孔的大小
留意小腿走路時的微震

當我發現自己慢慢長出鬍子之時
她的嘴角正在長出汗毛

十九歲一天

一個下午
行斜路
沉寂
黃色的
無聲　精彩
空氣潮濕
人群在兩旁
不知不覺　天空變黑
現實　實現
右手與左手
尖沙咀
回憶十九歲

慢歌

那首沉鬱的情歌
不停重覆重覆地播
一起沉溺這首歌之時
正是密雲擁抱住太陽
我們聽著此歌
好快便過了好多個下午
好多個陰天

當陰天轉為雨天
這首歌繼續播
我看著下雨的天
我忘了太陽

大海

讓海把歷史沖走
衝前　　後退
　　敲擊樂章
你聽得懂嗎.

當大浪蓋住我們之時
我們便懶睡在大海之中
在藍色的包圍下迷失

慢筆

春詞 四 犯

文／圖：廖偉棠

春夜慢—兼懷張國榮

總是那麼遲來到，春夜風在呼嚕，
政客在呼嚕。一樹樹肺葉已經乾枯。

總是那麼遲來到，那死去二十天
的歌聲，再細嚼我們的耳朵。

那個永遠趕著路的書生，
曾是牡丹纏蛇，現在是紅水拍土。

速度正放慢，少女正潛入
一具鏽出霧來的身體。

今天，一把文武刀傷了我，
血，慢了，半拍。一些細菌
在政治的傷口中突然變成了不存在。

斷斷，續續，雨水畫著花臉下臺。
此岸的病已經遙遠，無礙他清白。

斷斷，續續，雨水畫著花臉下臺。
風鼓起了大紙燈籠，現在寂靜的街
繁花明亮如畫（摘取吧，這醉人的春夜，
這困難的春夜，我們的性已經過消毒）。

2003・4・21・

四月抄

四月，春已老，人朝三暮四。
憤怒，更大了，暖風卻挽腳踝。
CBD，本國的樣板，新生活指數。
青春，精緻，聊勝於無。

「詩人死了」，純屬搞笑：
詩人在上海充當太太們的提款機；
在天津做計程車司機的意見箱；
在北京做電視劇，終成富豪。

小說家怎麼樣？生活比小說混亂：
辭職，買房，復出，結婚，吵架而昇華。
還有畫家呢？混混家呢？資本家呢？
都到西藏去吧！啊那裡的春天更龐大。

鬧劇。幸而我只是拍照者
憤懣也得冷靜，否則按漏了快門
辜負好春光（和春光裡的表演者）。

表演者是舊情人終於晚節不保，
壞蛋終於青春不老。
而老年人終於拯救不了這個國度。

明天我又將坐上南歸的火車，
多希望這次能夠和北京永別
──故鄉山好，一百年前我已踏花走馬。

2004.4.7.

春夜又占貓詩一首

這夜仍有寂寞,是你。
聽不見昨夜雨,再冷一次。
你是寧靜海,北京動蕩著,槐花遍地。

不要再叫我,我在沿一根蛛絲攀援。
你是夜遊神,半夜突然起來
吃我的夢:那些揚州路、西北劫。

不要再叫我,我是春夜拾花人。
和你一起走下故宮廢池,
水已深深,貓兒你得閉眼。

我若笑了,我便是鬼魂小兒
騎你入夜,一朵榆錢中,仰頭向她
一個鬼臉—屏息著,你是寧靜海,

圓頭小男孩。我也曾夜半驚呼
不得應。北京美,似大亂將至。
我們走南向北去—
化身千萬億,
讓她看不過來。這寂寞
隨風長大—

你是虎,與這春夜匹配。

2005.5.7

暮春圍城志　城春草木深 ——杜甫

一· 香港

是夜月暈，有狐跳梁急。
來，朋友們，現在我們可以名正言順
搶劫這個世界—戴上口罩
我們都是恐怖分子，心裡窩藏人質。

誰夜立，誰就招來風雨。
這一霎那春暗，七百萬人潛行
到另一場戰爭，而那攻城的人早已死去
他們的血開花：如夾竹桃之夭夭。

持之，這也是我入城的憑證，
點染口罩上方，雙眼黠光。
是夜月暈，我額上刺字：曾參。
意思即殺人，即死士，即失樂園。

來，今夜這世界空空，
我被遮掩的笑著火猛燒。且避而不談
昨天的毒、流言、飛沫、高官們的越貨，
關上門，我們含沙，射滿天的陰影。

二· 巴格達

在巴格達有一個人，名字叫寂靜，
有理由相信在紐約也有一個。
在巴格達，有棵樹，名字叫毒火，
辛巴達把它寫進童話，我把它削成箭戈。

「它的名字是生，作用卻是死」，
我從虎口掠過如脫弦，我詛咒：
這個時候只要給我一顆星，甚至是
一片殘缺的隕石，我就能劃破這彌天的謊言！

我就能去
然而那經書的一角，陽光滲透如血，
草木生長如深淵。我比劃過：七寸地，
正好埋葬全世界。

在地球上有一座城，名字也叫寂靜，
炮火和神明在這裡沈陷如繁星。
煉獄在這裡旋轉，百合燦爛盛放；
忘川在這裡流動，我們都是擺渡的卡戎。

三· 北京

今天我是城外人，
遠離帝鄉的逆子，有鳥有鳥丁令威。
不想作法，變一座七層浮屠
叫你們好看。

今年的沙塵暴來了嗎？
今年的離魂雨呢？今年該是第幾年
彈盡糧絕，我們把自己重重圍困。
城牆外，鬼夜哭，無人能記這楚歌聲。

北京城，垃圾堆上放風箏；
黑衣秀士，明朝化狼。
我回來時，額上刺字：曾參。
意思即殺人，即死士，即杯酒意難平。

我邀請王道長下山吃蛇，
再邀請高和尚進城聲色，
在網上登一張幻相：帝京帝京，
白鶴盤旋七次的時候自己消失了吧。

2003.4.2.

評彈 Leonard Cohen

文／圖：應霽

Leonard Cohen可能並沒有聽過蘇州評彈。

蘇州評彈跟Leonard Cohen其實本來也沒有什麼關係。

只是有一天午後，我慣性地把剛買來的Cohen的05年新唱片《Dear Heather》和88年舊作《I'm Your Man》以及早至67年灌錄的第一張唱片《Songs of Leonard Cohen》挑來準備放在六張輪放的CD片匣裡，隨手又拿起三張在深圳買的十塊錢人民幣一張的彈詞流派唱腔系列，也沒有看清楚是蔣調、嚴調還是候調，反正放下插好，就讓彈的唱的說的誦的慢慢流進空氣裡。

本來我的壞習慣是讓這些人聲樂聲自顧自播著，或者在躺著發呆或者在案前勤奮工作，對自己尊敬崇拜的音樂創作人其實不夠尊重。可是這個午後，這先後出場的風馬牛卻是神奇地在滲透在呼應，不慌不忙地卻一次又一次扣動心裡那一根要緊的弦。我不知如何反應，只能放下手中的工作，真的呆在那裡，聽著。

我們可以很隨便（也很癡情）地把一個偶像稱作老朋友，Leonard Cohen這個朋友也夠老了，聽他的唱片有超過二十年吧！他在04年也剛滿七十歲了，究竟第一次聽到他的歌是在哪個朋友家還是在哪一部電影裡，都再記不起來了，唯是永遠不能忘記的是他那低沉的沙沉的破嗓子，管你外頭的世界轉得飛快，他還是那樣緩

緩地吟唱那些其實並沒有為聽眾帶來歡樂的人間情愛故事，也難怪他被叫作「悲觀桂冠詩人」、「絕望雜貨商」、「昏暗教父」和「流浪乞丐王子」，我愛聽他的，是我需要，是我犯賤。

而蘇州評彈，這種似乎從來就存在聽覺周圍其實也從來都聽不懂演員們在說什麼唱什麼的古老曲藝，以一種古老的、優雅的、徐疾有致的節奏韻律在啟發著奇怪魅力，記憶中該是小時候從外公外婆收聽的收音機廣播裡第一次聽到這個調調，再來是早期的電視廣播間或有評彈劇目的出現。還好我沒有因為不知其所以然就拒絕了這些聲音，也竟然從這些繞樑餘韻中隔著歲月與外公外婆一起緬懷著戰前生活在上海的風華日子。究竟那些手抱琵琶、個人單檔兩人雙檔的演員正在說噱彈唱的是《楊乃武與小白菜》、《啼笑姻緣》還是《張文祥刺馬》、《十美圖》，我真的只知過癮，委實分辨不出來。

「如果你想要一個愛人，
只要你開口，我會為你做任何事。
如果你想要不一樣的愛，我會為你帶上面具。
如果你想要一個伴侶，請牽我手。
如果你想憤怒的一拳把我擊倒，
我就站在這裡——
我是你的男人。」
「If you want a boxer,
I will step into the ring for you.
And if you want a doctor,
 I'll examine every inch of you.
If you want a driver, climb inside.
Or if you want to take me for a ride,
you know you can.
I'm your man.」

奉獻、挑逗、扶持、犧牲、引誘、佔有、要情有情、要色有色，Leonard Cohen喃喃自語，出其不意置聽者如我於死地。

LEONARD COHEN
DEAR HEATHER

「雲煙煙煙雲籠帘房，月朦朦朦月色昏黃。
陰霾霾一座瀟湘館，寒淒淒幾扇碧紗窗。
呼嘯嘯千個琅口竹，草青青數枝瘦海棠。
病懨懨一位多愁女，冷清清兩個小梅香。
只見她薄醫醫醫薄羅衫薄，
黃瘦瘦瘦黃花容黃。眼忪忪忪眼愁添杯，
眉蹙蹙蹙眉恨滿腔。靜悄悄靜坐湘妃榻，
軟綿綿軟靠象牙床。黯淡淡一盞垂淚燭，
冷冰冰半杯煎藥湯。可憐她是氣喘喘，
心蕩蕩，啾聲聲，
淚汪汪，血斑斑濕透了薄羅裳。
情切切切情情忐忑，嘆連連連嘆嘆淒涼。

奴是生離離離別故土後，孤淒淒栖跡他方。
路迢迢迢雲程千里隔，白茫茫總望不到舊家鄉。
她是神惚惚百般無聯賴，影單單諸事盡滄桑。」

曲折幽深，淒涼慘淡，《瀟湘夜雨》這樣一個
悲情故事，美是美，但其實是不忍目睹的。但
在「琴調」唱腔名家朱雪琴的俐落高昂的唱腔
處理下，刻意與柔弱衝擊對比，凝聚出一種獨
有的微妙的張力，令不諳蘇州方言的外省聽眾
如我，純粹直接的從抑揚頓挫的說唱鋪排中，
領受評彈傳說的迷人魅力。
如果把蘇州評彈與Leonard Cohen放在一起連接

播放只是一個下午的一個偶然，這偶然也很自然。

自然熟成、自然入俗、自然出世，一切都與年紀有關，與環境有關。

從詩人到歌手到出家修行，五、六十年來Leonard Cohen一直以一個浪子姿態遊走，企圖不粘手其實更癡纏。一生從未正式結婚的他，身邊長期都有不止一個長情伴侶，無論是在希臘Hydra島上的家庭樂，到洛杉磯佛堂內外的俳個，有意無意成就出一個傳奇—傳奇也就是一

把難忘的聲音，一首又一首真正可唱可誦的詩歌，在空氣中傳遞，與時光結合，殺人於無形。

也許我一直都在受傷
我無法裝作處之泰然
你知道我仍然愛著你
只是我不能告訴你
我在每個人身上尋找你的影子
他們也一直都鼓勵著我
我孤獨地生活著
我只要重新回到你身邊
當所有的帳單都過期
工廠開始倒閉

那片地方已漸漸被人們忘記
雖然雨和陽光時時光臨
春天開始
又停止
萌芽出新的事物
回到你身邊
我的心再度甦醒

在蘇州，在這個酥軟的地方，在這個有著一切
小巧與雅緻，有著不多不少的到位的經濟背景
與文化修養的地方，評彈的興起和普及渾然天
成。登場面目依然我，試博閑人一笑中，評彈

演員不必如昆曲般講究嚴格排場，只選擇在茶
館書場中簡便地坐下來，每天說一回書，半個
月一個月說完一部書，單檔一個人，男男、女
女或者男女雙檔合演。有人唱來軟糯舒緩，平
穩開展；有人響彈響唱，高亢激越；也有人行
腔明快，跌宕多變，累積下來各種腔調豐富多
樣就如人來人往，但即使是一場娛樂也有其品
其忌，有其操守。

書品是：「快而不亂，慢而不斷；放而不寬，
收而不短；冷而不顫，熱而不汗；高而不喧，
低而不閃；明而不暗，啞而不乾；急而不喘，

新而不窘；聞而不倦，貧而不諂。」

書忌是：「樂而不歡，哀而不怨，哭而不慘，
苦而不酸，接而不貫，板而不換，指而不看，
望而不遠，評而不判，羞而不敢，學而不願，
束而不展，坐而不安，惜而不拼。」

不必成規矩的規矩，七十歲的Cohen和超過四百
年的蘇州評彈，不必有關係，但也就是兩者吸
引我的共同原因，不慌不忙的，向後或者向
前，都可以。
像一隻在電線上休憩的鳥

像一個陶醉在午夜唱詩班歌聲中的人
我用自己的方式
去獲取自由
像釣上的魚
像古書裡的騎士
我所有的緞帶
我都為你保留
如果我有刻薄的時候
希望你不要放在心上
如果我有不真誠的時候

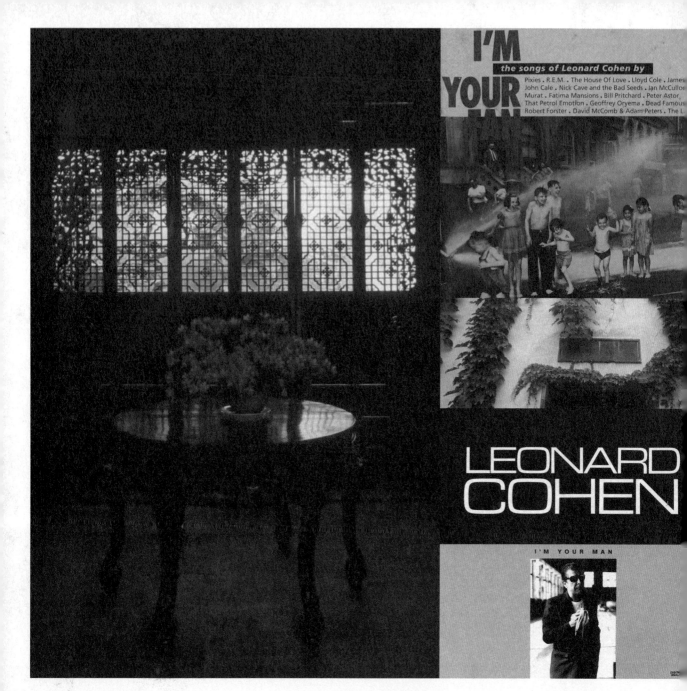

希望你知道
那永遠不是對著你
像夭折的孩子
像長著角的野獸
我傷害了
每個想要接近我的人
我以這首歌發誓
我對著我一切的過錯發誓
我會
補償你

I saw a beggar leaning on his wooden crutch
He called out me
Don't ask for so much
And the young man leaning on his darkened door
He cried out to me
Hey, why not ask for more
Like a bird on a wire
Like a drunk in a midnight choir
I have tried in my way
To be free

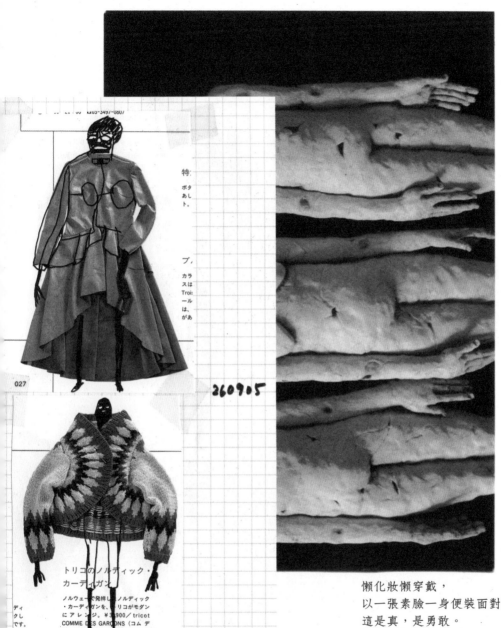

特:
ボタ
あ
ト。

プ,
カラ
ス は
ート
ール
は、
があ

027

260905

トリコのノルディック・
カーディガン

ノルウェーで発祥したノルディック
・カーディガンを、トリコがモダン
にアレンジ。¥39,900／tricot
COMME DES GARÇONS（コム デ
ギャルソン）

ディ
クし
です。
ア—

レザーの

懶化妝懶穿戴，
以一張素臉一身便裝面對人面對世界，
這是真，是勇敢。

Brigitte Lacombe, Karl Lagerfeld, D.R.

因為懶，
所以把瑜伽、氣功、編織、園藝、
繪畫、靜坐、散步、閱讀等等
據說是有助靜心的慢動作都放下了，
幾近解脫。

主動去接近去認識
一個十三四歲的「時下」少女或者少男並成為知己，
從她和他身上，學到什麼才是時下真正的懶。

08

懶，不是kill time不是讓時間白白跑掉了，
懶，是賺，是享受。

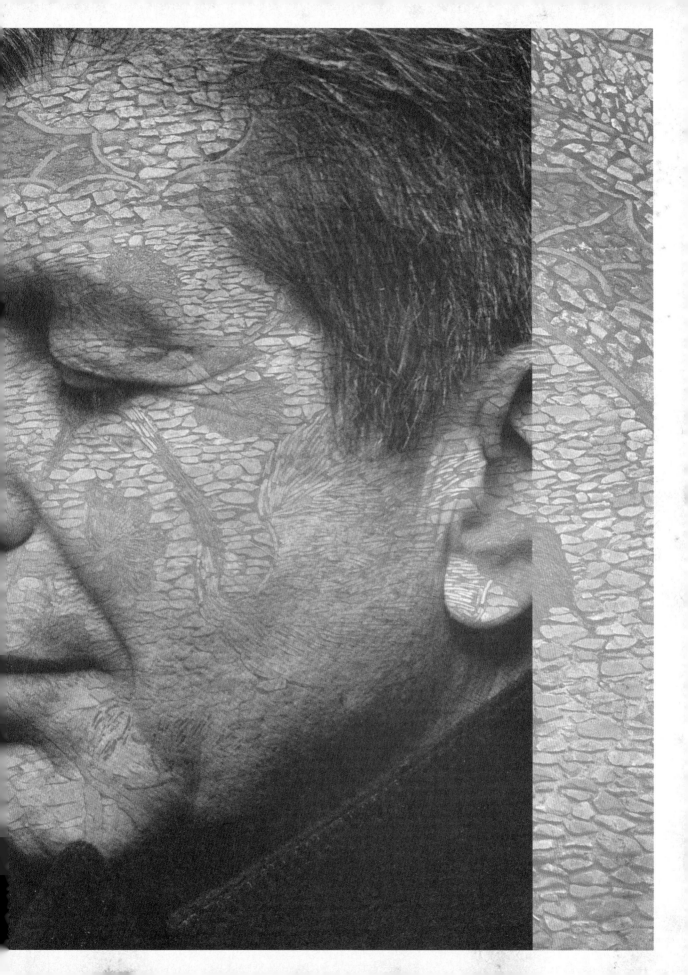

春日八段錦

文／圖：陳錦樂

Igor Stravinsky (1882-1971)
〈Rite of Spring〉(1913)
Cleveland Orchestra / Pierre Boulez
Sony SMK 89497

若干年前看一齣關於Pina Baush的紀錄片，最難忘片中一幕一位舞者「死而後矣」地狂舞著〈春之祭〉中一段，也不知道她事後有否虛脫而死去。據說要考進Wuppental便得過這「鬼門關」，顯然不是尋常舞者熬得住的。

假如人類音樂史（以至藝術史）有一章叫「驚天動地」的，那麼Stravinsky的〈春之祭〉就必然入選，甚至可能名列榜首。1913年5月29日樂曲首演時引發暴動，傳說作曲者最後要爬窗而逃。

這是沒有妥協餘地，最美也最醜的音樂。隨著聲音的行進，一個又一個被精心安放的炸彈便悉時引爆，活像一次華麗的恐怖襲擊。

再過一百年，它仍然會是人類美學革命與天才的典範。未聽過只能是損失。

Claude Debussy (1862-1918)
〈Rondes de Printemps〉(1905)
Orchestra Symphonque de Montreal / Charles Dutoit
Decca 460217-2

懷念王司馬筆下的「契爺與牛仔」。其實這位溫煦的作者還有一個人物叫「狄保士」。只要你知道王司馬何等沉醉音樂，「狄保士」的出處當然就是Claude Debussy。

中國人說：「物我兩忘」。
Debussy說：'It is not even the expression of a feeling, it is the feeling itself.'

正如我相信Cezanne根本沒有興趣探討生果與聖維克多山的關係，我想Debussy也沒有寫過「海」與「春天」──他要為作品改任何標題也可以，字典裡也沒有合適的字形容他的音樂。

於是總忌諱常常讀到談他音樂的文字（尤其是中文的），不是矇矇矓矓，就是神秘兮兮，總得莫測高深。我喜歡曾與他一起演奏的法國著名鋼琴家Maguerite Long說：「他只是叫我們奏得慢些，和盡可能──細聲些。」

Benjamin Britten (1913-1976)
〈Spring Symphony〉Op.44 (1948)
London Symphony Orchestra & Chrous / Andre Previn
EMI CDM 7647362

英國殖民地政府的其中一項「德政」是從來沒有硬銷，強迫我們聽大不列顛作曲家的音樂。或者有一個例外——Britten的'Variations and fugue on a theme of Purcell'。小學生的時候就聽過（還有〈彼德與狼〉），也由於學校音樂老師的能力與態度，我們每個學期總要聽幾次。這個作品的副題———「Yong Person's Guide to the Orchestra」，其實作品是作曲家為了向小朋友介紹樂團的樂器而寫的。你還記得盧國雄先生旁白的聲音嗎？（也許辛尼哥哥比較合適）。

儼然就是一名造詣非凡的廚師，Britten用作品說明順手拈來給他任何配料，他照樣弄得出上等佳餚。他的作品也洋溢一份二十世紀作品罕有的幸福感，他想用聲音表明，他有本事參透黑暗，也可以為聽者牽引光明。所以〈Spring Symphony〉裡你便會聽到他引同鄉William Blake(1757-1827)的詩句——
Birds delight
Day and night
Nightingale
In the Dale
Lark in the sky...

Britten便是當中那隻小鳥，夜鶯和雲雀。

John Cage (1912-1992)
〈The Seasons〉(1947)
Margaret Leng Tan / American Composer Orchestra / Dennis Rusell Davies
ECM 1696 465 140-2

我想「蛙王」（郭孟浩）跟John Cage應該是相識的，前者在紐約展開他創作生涯時，後者正在那裡幹得如火如荼。

就正如用照片來欣賞「蛙王」的作品，在唱片上聽Cage的「音樂」大概也是沒有多大意思的。你一定得在現場，跟演出者一同讓聲音發生，這是一個關於生滅的過程。西方音樂到這裡已經完全解體了。Cage的理論（我很怕他那些禪、易經之類的理論）—如果真有理論—也是沒有理論。我未認識過一個人真的樂於這份虛無。

想像一天國際足協宣佈取消所有球例，足球這回事就還原為一班人莫名其妙跑來跑去追一個（或多個）球，你還會看嗎？（還有「賭波」嗎？）

1992年7月27日，Cage在雨中於紐約中央公園最後一次亮相，親自首演自己作品〈FOUR 6〉擔任人聲及敲擊部份（他稱作'shocking things'），兩星期後他便過世了。

今天重聽這個珍貴錄音時聯想到，盤古初開時假使也有聲，就是這樣的聲音嗎？

「蛙王」會知道嗎？

Gustav Mahler (1860-1911)
〈The Song of the Earth〉(1908)
Soloist / Berlin Phiharmonic Orchestra / Carlo Maria Giulini
DG 413 459-2

Mahler最後一張照片是這樣的──手拿著拐扙，神情疲憊而落魄地倚在紐約返回歐洲的郵船欄杆上。好像快門合上後，他便立即要倒下。那是1911年9月8日，他不過是51歲。

三年前他偶然讀到同鄉Hans Bethge編的中國唐詩譯本，驚鴻之間，彷彿人間自是隔世之友。如果這名作曲家一向擅長轟烈，語不驚人死不休似地把一生所經歷體會的都「塞進」自己的音樂，〈The Song of the Earth〉倒算寫得纖巧婉約，暴烈之後好像還想留人世一點點最後的溫柔。六個樂章裡，他與李白、杜甫、孟浩然手拉手並排上場，在自己生命的秋天裡一起恭迎盛大的冬天翩然到臨。

Astor Piazzolla (1921-1992)
〈Eight Seasons〉
Gidon Kremer / Kremerata Baltica
Nonesuch 79568-2

作為一個慵懶而不稱職的「琴佬」，除了經常在台上「魂遊」外，卻自問一向非常「膽粗」的。兩次驚膽顫魂魄不全的例外是：
1. 在阿根廷人面前奏Piazzolla音樂。
2. 在父親喪禮上奏Piazzolla音樂。

小提琴家Kremer說：「一如Schubert的音樂，Piazzolla的音樂蘊含了感情兩端的至極，表現了幸福與痛苦的流轉。」

早在黎耀輝與何寶榮在銀幕上現身前，在另一個半球他其實已是家傳戶曉了。有誰比他更能穿梭所謂「雅俗」之間，取得如此理想的平衡。

曾與他一起搭檔的一名樂手說：「他把每個音符都寫下，不容許別人奏錯。」當然更不容許「即興」。但是他們發現，其實Piazzolla每次都在即興。畢竟是他老子本人的音樂。

他有名氣卻也窮，他的兒子回憶說：「他每次只夠錢買一塊肥皂，切成兩半放到廚房和浴室。」

九二年他身故後卻也復活了，「新」唱片不絕推出。

〈八季〉是他的金曲與Vivaldi的〈四季〉「剪貼」成的音樂。你留意到了，緊接Vivaldi的春季之後是布宜諾斯艾利斯的「夏季」，在地球上方「春光乍洩」的時候，在Piazzolla的家鄉，已是「夏日的摩摩茶」了。

Aaron Copland (1900-1990)
〈**Appalachian Spring**〉**(1944)**
Los Angeles Phiharmonic Orchestra / Leonard Bernstein
DG 289-463 465-2

Copland的音樂總是平易近人，他不會想為了証明自己前衛而拒人於千里，有時甚至令人以為在聽荷里活電影的sound track。他努力地把自己民族（美國）的元素（爵士、牛仔音樂與民間故事等）溶鑄入他自己的作品。〈Appalachian Spring〉（一如他不少作品）是為Martha Graham的舞劇而寫的音樂，蹦蹦跳，哈哈笑，輕鬆抒情又不乏賺人眼淚的時刻。還有，如果你小時候唸的是教會學校，樂曲結束時那首小曲子，不是也在早會時跟大夥兒唱過了？

吉松隆 (b.1953)
〈**Four Little Dream Songs**〉**(1997)**
崎元讓 / 白石光隆
Camerata 30cm-556

主辦音樂會的人與絕大部份聽眾最怕見到的就是節目單上他們不認識的名字和樂曲。也有一些人進劇場永遠只看雜耍，進餐館只為吃菜單末頁上的甜點。每天每餐都cheese cake、Tiramisu或者杏仁糊就能夠過活嗎？我是相信均衡飲食的，也盡人事確保自己及他人心靈及聽覺新鮮而健全。

吉松隆是誰？請恕資料太少了。比較具體進入他音樂的方法，唯有打開樂譜，嘗試彈奏。請容許我也在這裡分享一些發現與心得：
第一樂章（春）：保持流暢。請不要處處拉慢和延長音符時值以「發揮」感情。
第二樂章（夏）：我會選擇彈跳活潑些（留意崎元讓是全legato的）。

尤其小心那個每四小節便來「搞」你一次的2/8節奏，應當要如履平地。

第三樂章（秋）：也是注意流暢，全曲就只有開首「孤伶伶」唯一的一個dynamic marking，作曲家想有任何情緒的變化嗎？結束的音改成了G.不是#F。

第四樂章（冬）：既然樂曲只在不斷重覆同一個旋律，我建議不妨每次也奏快一點，不然就真的成了安眠曲了。

這是四首小奶油蛋糕一樣的摩登「調調兒」。願你，尤其是只愛看翻筋斗、跳火圈，又或已經厭倦了飯後甜品美點雙輝的你，也來和我一起品嘗。

○五年冬天無色。
午夜檢視家裡所有發光物件

何達鴻

1.誰最會享受人生
林語堂 / 三聯文庫 2000
由於是一些輕鬆的散文，無聊便拿來看看，不用一次看完。

2.人間昆蟲記
手塚治虫 / 文化傳信 1994
分上下集，聽說有點語重深長，未有心理準備開始。

3.我們仨
楊絳 / 牛津大學出版社 2003
正是現在看的書，看到最後數頁，快完成。

4.馬蒂斯
紫都蘇德喜 / 遠方出版社 2004
購於雲南旅行，一直只翻閱圖畫，還未細讀文字部份。

5.細說中國人
上官子木 / 三聯文庫 2001
開始了三分之一，對題材很有興趣，當看起來時有點沈重。

6.野草
魯迅 / 人民文學出版社 2000
另一本散文作品，於北京買了很久，一直遺忘了它。

7.未來11
紅膠囊 / 大田出版 1999
一直喜愛看他的作品，但還是愛他的《紅膠囊的悲傷一號》。「涼風的味道」。

8.國史概要
樊樹志 / 三聯文庫 2001
不知為何，我當看超過十頁，便睡了一次……

9.CREAM issue 3
cream team / Media Nature Limited 2001
其實我很快看完，但未看字，不過還是喜愛重看舊的cream。

10.The ACME Novelty Library
Jimmy Corrigan 1996
於瑞士漫畫展購入，今天才發現原來買了未看。

懶讀

春天 不 是讀書天
六個人買了很久很久還未看完的六十本書

文 / 圖：何達鴻 吳文正 陳仲輝 廖偉棠 陳錦樂 白雙全

吳文正

1.大清海軍與李鴻章

錢鋼 / 中華書局 2004

為《大清留美幼童記》所動而買下此書。錢鋼細緻的文字需要靜下來品嚐，細味一段段悲涼無奈的歷史。奈何愚人近月心煩氣燥，靜不下來；只好暫且由它擱在書櫃中。

2.銅人腧穴鍼灸圖經

宋・王惟 / 杏林館 / 劉逢吉編 2003

此書是一位著名中醫所贈，為有心人對中國傳統醫學文獻的承存；只怪自己才疏學淺，未能看懂書中古文，只能閱圖像。他日轉贈有緣人。

3.中國妖怪事典

水木茂 / 晨星出版 2004

日本人對中國文化的認知、研究和好奇往往令愚人汗顏。雖未詳閱書中文字，但覺畫作精彩非凡，比《山海經》的描繪更細緻具體、富故事性。現先放書櫃顯眼處，容後細讀。

4.石灣陶塑藝術

林明體 / 廣東人民出版社 1999

驟覺封面設計老套，但卻為我國早年評述石灣陶瓷頗全面之經典。可留作參考之用。

5.唐魯孫系列－老古董

唐魯孫 / 廣西師範大學出版社 2004

難得遇見國內全版，我全套11本買了下來；可惜一本也未有看完。我只能對這位前輩品味專家說聲抱歉，期望有日雄心壯志，不容任何藉口，一口氣讀完便好。

6.超右腦照相記憶法

七田真 / 南海出版公司 2004

原先買來作訓練我家3歲女兒，後來內子拿去後又拿回來；它不知何時又在家中角落重現。無論如何，還是抱著女兒親親更窩心。

7.羊城後視鏡

吳緣星、楊柳 / 廣東人民出版社 2004

近年買下有關嶺南文化軼事的書籍不過二十本，但真正看完的不出三成。此書難逃餘下三分之二被置冷宮的厄運。惟有隨便找個藉口而已：封面不美、不夠吸引。

8.中國文明的私密檔案

李陽泉 / 百花文藝出版社 2005

什麼中國文明和檔案，已成為我近年買書的類別指標。書面設計吸引人、夠精神，承得早年轟動一時的《地藏牛皮書》風格。然而愚人只看過兩三篇，只怪書中那些所謂檔案，不甚文明、吸引。

9.病痛時代 / 19-20世紀之交的中國

E.A.羅斯著 / 張彩虹譯 / 中央編譯出版社 2005

這些早期外國人於中國的見聞遊記，如雨後春筍般陸續有來。閱讀此類書籍除了非凡的耐性，還需加點批判力以識破作者那些假惺惺的表面偏見。我還未有空閒和它搏鬥。

10.In China [1978 - 2003]

Photographs by Laurence Vidal /
Les Editions Facifique 2003

偶然看到此書，令我想起二十年前那位美藉華人攝影記者劉香城出版的《China After Mao》。事隔廿年，此書如出一轍，記下中國改革後開放的社會現象。我已隨手翻閱此書，惟未詳讀當中文字；想未勉強可歸入「未看過」之列，希望我的「文字消化不良」不會發作。

陳仲輝

1.The Image
Jacques Aumont / British Film Institute 1997
我覺得這本書更像一張畫，或一件雕塑，掛在牆
上或放在床邊，效果更佳，喜歡就看兩頁，動作
只是一個姿態，像遊美術館，這本書注定讀不
完。

2.Peter Greenaway:Museums and Moving Images
David Pascoe / REAKTION Books 1997
有些書我買回來不一定是因為內容，文字。我只
是想擁有，收藏，如買一件心愛的衣服。Comm
des Gason或Martin Margiela一樣。我愛死Peter
Greenaway電影美學的衝擊力，而且他的電影美
指非常有時尚感，這本書不讀，放在架上，吸收
靈氣就可以了。

3.性與美
D.H. Lawrence著 / 黑馬譯 / 湖南文藝出版社 2004
這本書不是真的意義上未讀完，相反買回來當晚
一口氣就看完了。「未讀完」是因為想再讀，要
再讀，真的讀完怕不知怎算好。

4.審視赤裸：人體藝術與人性思考
莫小新 / 人民美術出版社 2004
有些書是因為需買而買的（人體加藝術加思考，
嘩！不得不買！），怕需要找資料時沒有，是作
為資料性的工具書，放在書架上，真不知何年何
月才讀完，或沒想過有需要讀完這本書。

5.The Fashioned body:
Fashion， Dress and Modern Social Theory
時髦的身體：時尚，衣著和現代社會理論
Joanne Entwistle著 / 郜元寶等譯 /
廣西師範大學出版社 2005
凡是有誠意的時裝書，我都特別留意，這本中譯
版封面設計非常詩意，所以買回來。

讀了幾次，怎也不舒服，時裝書原來可以寫得這
樣乏味，不過還是會再讀下去的。

6.Fashion Theory: The journel of dress， body and culture / Volume Issue 3， September 1998
Edited by Dr. Valerie Steele / BERG
這本不是1cm厚的時裝論文小冊子，雖然很薄，
讀起來卻像千斤重。每次重讀，感覺非常吃力。
也許想獲得好的東西是需要付出更多。

7.Uniform - order and disorder
Edited by Francesco Bonami，
Maria Luisa Frisa and Stefano Tonchi
CHARTA 2000
先在紐約看這個名為「Uniform」的展覽，後在
日本尋回這本為展覽而出版的書，資料非常珍
貴。這個展覽看得我非常感動，這本書我決定要
看足一生一世，不許有一天看完。

8.書寫與差異
Jacques Derrida著 / 張寧譯 / 麥田出版 2004
看不完是因為看不懂，全因個人能力有限。為什
麼深奧的東西一定要看不明白？可不可以來一個
淺白版本，益一下街坊。

9.Tokyo Mon Amour:
Pizzicato Five Retrospective
Ozawa Kentaro / Miyoshi Shingo 2002
這本收錄pizzicato five由1985-2001年內所有重
要圖片，影像就是見証了一個時代的終結。每次
重看，彷如隔世，感覺總是看不完。

10.Fashion Production Terms
Debbie Ann Gioello， Beverly Berke /
Fairchild 1979
這是一本時裝工具「字典」，圖文並重。字典當
然不會看完。字典雖然乏味，但沒有它又不可以，
就是這樣，買回來已二十多個年頭，仍未看完。

廖偉棠

1.1844年經濟學—哲學手稿
馬克思

老實說，馬克思的書我這個自詡左派的人一本都沒看完過，包括這本他最「另類」的著作，據說「異化」這個觀念就是出自此書，也是吸引我在舊書店買下此書的原因。

2.追憶似水年華
普魯斯特 / 譯林出版社

1996年，我一口氣讀完了喬伊斯《尤利西斯》，獲得極大的快感和滿足感，於是打算乘勝追擊讀了《追憶似水年華》這本巨著，結果是讀到第七百多頁時就放棄了。的確，普魯斯特的纖細情感令我陶醉萬分，他是一個西方的林黛玉，我猶記得他擁抱著山楂花樹哭泣的一幕。但是這萬種閒愁卻是當時血氣方剛的我沒有耐心細品的。貴族生活的瑣碎描寫也令我厭惡。

3.源氏物語
紫式部 / 人民文學出版社

放棄閱讀的理由同上，厭惡看纖細感情和貴族生活，同時還覺得源氏的詩歌寫的一般。

4.魔鬼詩篇
魯西迪 / 雅言出版社

看了開頭第一章，很怪誕，但是角色設定我不喜歡，印度「寶萊塢」的雜耍風格也叫我不喜。

5.1963：格林尼治村
貝恩斯 / 廣西師範大學出版社

剛買到這本書的時候對一切關於六〇年代的書都很饑渴。但是我更喜歡看那些直接講述街頭革命的，而不是一個藝術家村的，而且是關於戲劇的。

6.生日信劄
休斯 / 譯林出版社

首先語言上我不喜歡這些詩絮絮叨叨的風格，有別於休斯以前作品的明快和硬朗；其次，我始終覺得普拉斯的死休斯要負最大責任，這本詩集彷像一個死無對證的開脫。但這兩天重看一下，發現還不錯，休斯有能耐把回憶中所有的細節都隱喻化。

7.住宅製造
克里斯托弗・亞歷山大等著 / 知識產權出版社

克里斯托弗・亞歷山大的《建築的永恆之道》是我最喜歡的一本建築理論書—甚至是我最喜歡的哲學書之一，「無名特質」一詞成了我的藝術觀中一個關鍵字。這本書則是亞歷山大理論在墨西哥的實踐篇，我一直沒有全部讀完（其實已經翻看了過半）的原因是我想留著等我蓋自己的房子時再看。

8.耶穌之繭
漆木朵 / 水牛出版社

漆木朵就是孟祥森，寫這本書的時候他才三十歲，正是最尖銳的時期。不知道為什麼我一直沒讀，也許年輕時讀多了異端神學的書，漏了這本。

9.尼羅河畔的文采
蒲慕州編譯 / 遠流出版社

這是古埃及的文學作品選，那麼的古遠，簡直好像不是我們這個星球的事物一樣。

10.荷爾德林文集
荷爾德林 / 商務印書館

荷爾德林在這本書的「小說」《許佩里昂》的文字和情感都太稠了，他想說的話是那麼多，以至遠沒有他在一首短詩中能說的清晰和威武。

陳錦樂

用Jean Renoir的口吻來說，每本書架上未看
（或未看完）的書——一定（至少）有一個理由。

1.存在與時間
　海德格（Martin Heidegger）
也許是看書以來最大的滑鐵盧。

曾經痛下決心用一年時間在紐約把這本書看完，
結果到「回航」那一天仍未把「序」讀完。

2.Candide
　Voltaire
實情是對Voltaire從未提起過興趣，只好奇
Leonard Bernstein為何寫了一個一樣名字的歌
劇，而且聽說終其一生仍然不停在修改、修改和
修改。

3.Notes On Cinematography
　Robert Bresson
Jacob（王慶鏘）搬家時送給我的。一廂情願以
為 自 己 是 B r e s s o n 迷 ， 以 及 —— 一 個
Cinematographer。不知何故，我對這些警句式
的書，從來都怕怕，怕怕。

4.Cyber Punk
　Katie Hafner & John Markoff
一直在構想（幻想）一個現代的Till Eulenspiegel
式的故事，講一個電腦駭客惡作劇的所作所為。
我未放棄的，留有以待。

5.Cinema I
　Gielles Deleuze
請不要誤會我喜歡讀電影理論書，這本書出現是
我曾經相信（仍然相信）老師Sam Rohdie的一
句話—這是有史以來談電影最好的書，不過我只
看了chapter 1，遑論下集《Cinema II》了。

6.何謂哲學
　Gielles Deleuze
又是Gielles Deleuze！！假如有人以為這是哲學
入門書，便注定「慘淡收場」。若然怕讓人看到
書架上有《蘇菲的世界》的話，何妨買一本
Allen De Botton的 《 Consolations of
Philosophy》。信我吧。

7.動物權與動物福利小百科
　Marc Bekoff
若干年前要寫一個（後來一買開二成了兩個）跟
動物有關的劇本，余非女士把這本書交到我手
上。今天終於「破天荒」打開這本書翻到「P」
字才發現，原來英文「Polyism」一字不是解多
元主義，而是麻木。

8.Serenade in D Major
　J. Brahms
習慣聽過好聽的音樂便會把樂譜找來看過究竟，
就像吃過美味的東西也會問問配料跟煮法。既然
從未喜愛過這個音樂，這份大減價時買的樂譜也
難免冷落一旁，一個Bar也未看過。

9.Unbearable Lightness of Being
　Milan Kundera
中英文版我當然看過，而且倒背如流。只是這本
1997年10月18日於羅馬買的義大利版卻也理所
當然地從來未揭開過。這是一件用來供奉的聖
物。

10.廢都
　賈平凹
這本書留在我的書架上只有一個理由——是我父親
買的。

父親，那邊也看書的嗎？

白雙全

1. 我能否相信自己
余華 / 遠流出版事業股份有限公司

2. 在智慧的暗處
彼得‧金斯利（Peter Kingsley）/
立緒文化事業有限公司

3. 想一想哲學問題
林正弘（主編）/ 三民書局股份有限公司

4. 你可以勇敢一點
凱撒琳‧藍尼更 / 茱蒂‧布蘭可 /
晨星出版有限公司

兩年前在商務書店購買的四本書：《我能否相
信自己》、《在智慧的暗處》、《想一想哲學問
題》、《你可以勇敢一點》。書單送了給LC做禮
物，書本卻一直留在書架上。順序把每本書的
頭一個字讀出來就是：我在想你。

```
商務印書館（沙田圖書廣場）
The Commercial Press (Shatin Book Plaza)

          現沽單 Cash Memo

2003/11/3 19:53:15

我能否相信自己          66.00    1     66.00
在智慧的暗處            83.00    1     83.00
想一想哲學問題          70.00    1     70.00
妳可以勇敢一點一49則    67.00    1     67.00
  女性走出婚姻暴力的真

      總數量：   4   總金額：      286.00

                       易辦事        286.00

99299                        RS05 006 3/071960

        多謝惠顧    請再光臨
        商務網上書店
```

5. 近代華人神學文獻
林榮洪（主編）/ 中國神學研究院
離開了教會反而更關心教會的事，有一段時間
買了很多本中國教會研究的書，看了一些，還
有一些未看。

6. 另類人生
趙鐵林 / 社會科學文獻出版社
從紀實攝影和寫作手法描述當下中國底下階層
的生活情況，看了兩次，來年想再看一次。

7. 沉重的肉身
劉小楓 / 上海人民出版社
《沉重的肉身》每個字也有重量，應該逐字細
讀。之前匆匆看過，漏了很多內容。

8. 時間的玫瑰
北島 / Oxford University Press
外國詩人的介紹：詩作與生平。在北島的筆
下，詩人就是一首詩。需要在極之寧靜的環境
下閱讀。

9. 與生命相約
一行禪師 / 橡樹林文化
「昨晚，拿了馬仔的書一行禪師的〈初戀三摩
地〉來看，心底湧出一種很熟悉很美麗的寧
靜，我靜靜地睡著了。我有一點懼怕，感覺是
我熟悉的，但不是來自我熟悉的信仰。」（日
記：2005-8-21）之後，我就一直沒有再讀下
去。(註：〈初戀三摩地〉是《與生命相約》的其中一篇。)

10. 錦灰堆
王世襄 / 三聯書店
《錦灰堆》共三集（六冊），是王老畢生鑽研中
國工藝／美術／文物的成果。厚厚的一堆，很
想看，但一直都提不起勁去看。

一顆

文／圖：煙囪

心

跳上最慢的一種交通工具（也許是從任何交通工具跳下來），
不慌不忙的徒步走近你要去的地方，
即使久久未能到達，但你清楚知道，你是在路上。

10

PAOLO RINALDI

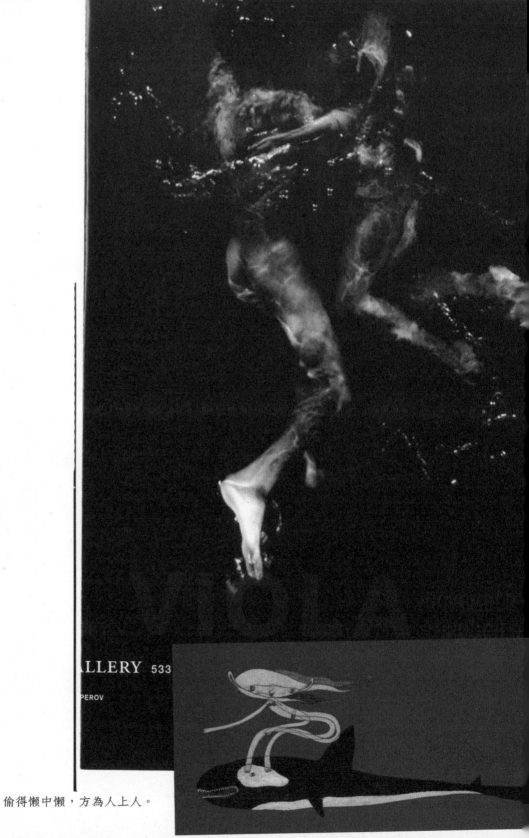

ALLERY 533

PEROV

偷得懶中懶，方為人上人。

窩在舒服的沙發角落裡，或者床上懶走動，
你會發覺面前騰出了很多平日人來人往時候看不到的空間：
有了空間，就有了不同的視野，
面前就開始有不同的景色。

不必決絕地欠繳（其實是冒失地忘掉）水費電費電話費，
只需要在需要時候關掉電視、電腦、手機、傳呼機甚至燈，
自主地孤獨一會，聽聽自己的心跳——
有說探戈需要兩個人——懶更好，孤獨一個人就行。

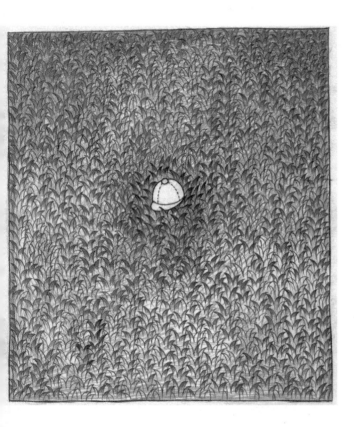

春 天來了
春卷　還 會軟 嗎?

文：應霽　　圖：春卷

五個獨當一面的漫畫、插畫、玩具、文字、
編劇創作人，
等了好多好多個春天，
終於決定相互捲在一起，
叫自己的初生團體做「春卷」。

春卷會畫、會寫、會平面、會立體、會跳會跑，
遇上高興與不高興的事，會叫。
春卷多餡多料多汁，熱吃涼吃均可，
室內室外皆宜。

春卷的英文名字叫Springrolllll，
春天也是彈簧也是泉水，而且五個lllll，
滾動不停。

春卷五人是智海、小克、阿德、Eric So、應霽。

這五條春卷，來自香港。

阿德

粵式炸春卷

材料：
春卷皮、冬菇、胡蘿蔔、瘦肉、韭黃、蒜頭、
Worcestershire sauce（烏斯特郡烏醋）

製法：

1. 瘦肉切絲，加油、生粉及水略醃備用。

2. 冬菇浸軟切絲，胡蘿蔔切絲出水，
   韭黃切段。

3. 蒜頭爆香起鍋，加入冬菇絲、肉絲及
   胡蘿蔔絲略炒，以鹽、糖、生抽醬油及蠔油調
   粉後，炒透，離火再加入韭黃段，盛起待冷。

4. 春卷皮放好，放入涼透之適量餡料，
   捲成形，用麵粉糊口。

5. 春卷放入中火中炸至金黃，炸時以筷子
   翻動以便炸透。

6. 取出瀝油後，食用時點以烏斯特郡烏醋。

廣東蝦子紮蹄

材料：
腐竹皮、蝦子、醬油、生油

製法：
1. 用熱水將腐竹皮焥軟，層層疊住。

2. 一邊疊一邊焥上少許醬油和生油，並把適量蝦子灑在腐竹皮上。

3. 用幼麻繩，把捲好的腐竹皮紮實成卷，放入蒸籠蒸軟成形。

4. 將麻繩解開，吃時切成薄片。

福建潤餅／春餅

材料：
潤餅皮、高麗菜、豆芽、四季豆、豆乾、
芫茜、胡蘿蔔、肉絲、魚肉、大地魚米、
海鮮醬、芥末、辣椒醬、花生粉、即食海苔

製法：

1. 買來以高筋麵粉糊烘成的潤餅皮，由於
容易黏在一起，需放陰涼處或以微濕布蓋住。

2. 將高麗菜、豆芽、四季豆、豆乾、芫茜、
胡蘿蔔等刨絲切細，與肉絲及魚肉一起炒熟，
慢火熬成多汁餡料。

3. 將大地魚乾烤好研末，海苔撕碎，花生
炒香研碎，其他醬料分別置小碟備用。

4. 食用時取一潤餅皮，自行把喜好之
醬料加進，再放上適量餡料捲成卷狀便可。

小克

anti-spring

越式炸春卷

材料：

春卷米紙、生抽、豬肉碎、馬蹄、胡蘿蔔、木
耳、鮮蝦肉、粉絲、魚露、鹽、胡椒粉、生菜及
薄荷葉片

製法：

1. 粉絲及木耳先浸水發開，瀝乾分別剪短及切細
備用，胡蘿蔔、馬蹄、蝦肉等材料切末備用。

2. 豬肉碎用鹽及胡椒粉調味後略炒，再加入
其他材料（除粉絲外）一同炒熟。

3. 炒熟的餡料連汁液拌入粉絲，待冷卻。

4. 將春卷米紙放入熱開水略浸，再鋪於濕布上，
放進適量餡料捲成形，可以用麵粉糊口。

5. 生油燒熱，慢火將春卷炸至浮面，取出瀝油後
再回鍋炸至金黃即可。

6. 食用時以生菜及蘋果菜捲起春卷，醮以
酸魚露汁共食。

應霽

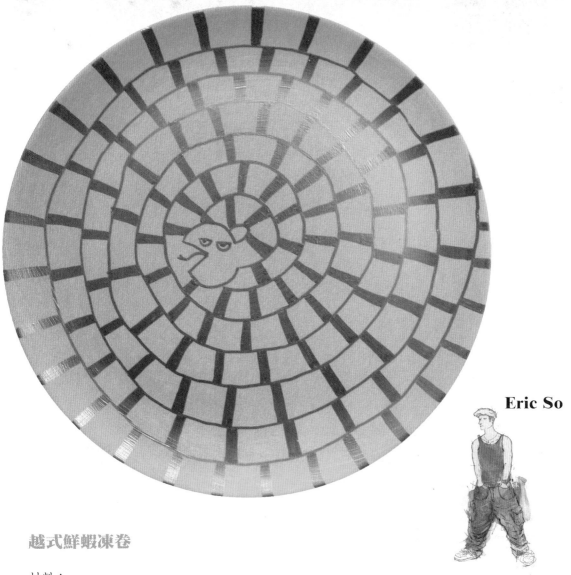

Eric So

越式鮮蝦凍卷

材料：
圓米紙、生油、魚露、西芹、胡蘿蔔、
沙葛、鮮冬菇、鮮蝦、粉絲、海鮮醬、
碎花生、酸子汁

製法：
1. 先將西芹、胡蘿蔔、沙葛、鮮冬菇
切細炒熟，加入魚露調味，鮮蝦焓熟
原隻剝殼，粉絲浸水發軟，待冷備用。

2. 將圓米紙鋪於乾淨布上，噴上熱水
令米紙軟身，先放鮮蝦再放作餡料，
收口捲好。

3. 凍卷旁放碎花生仁、海鮮醬和酸子
汁作蘸汁用。

我　不能做到 的
瑜伽　十一 式

文／圖：應霽

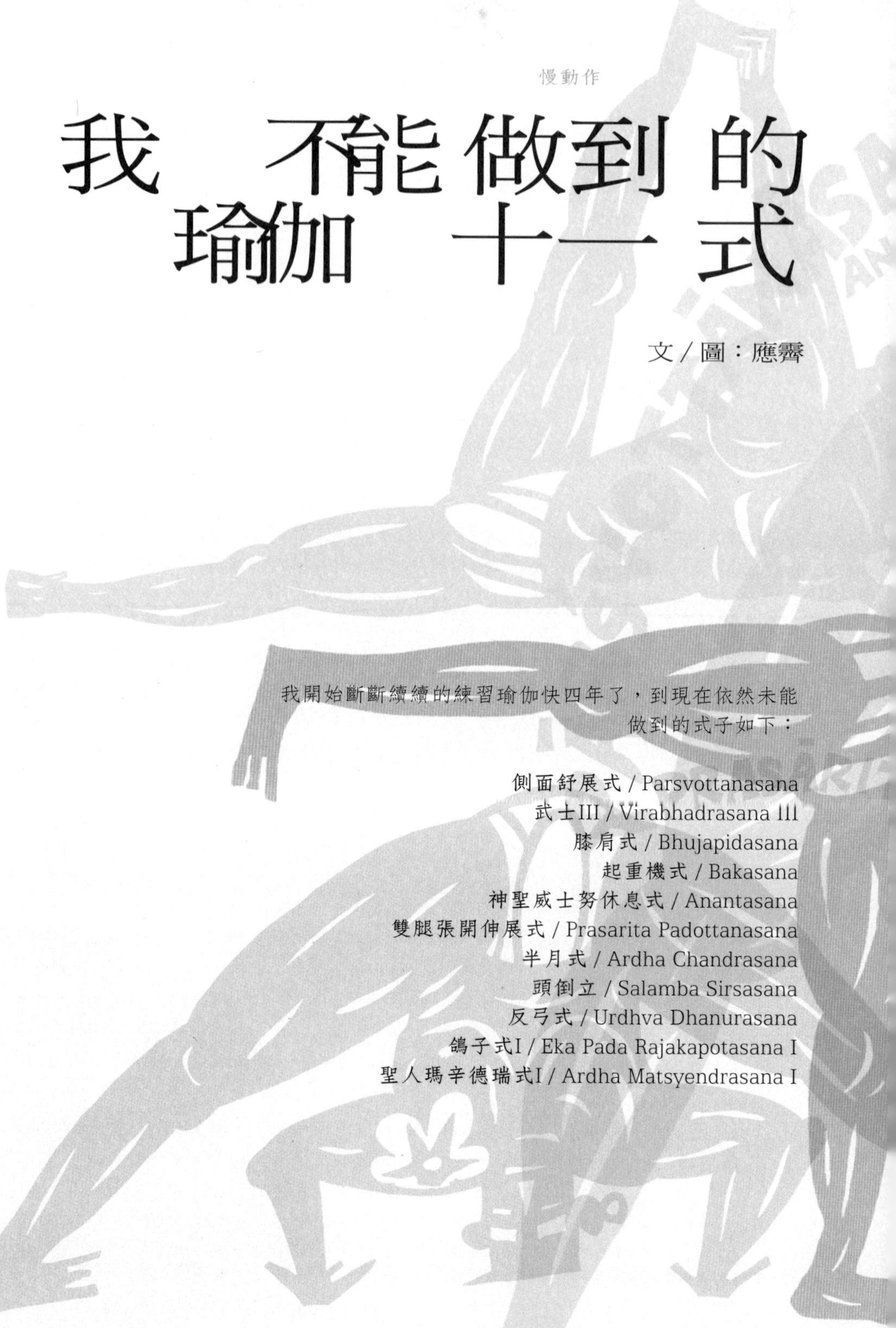

我開始斷斷續續的練習瑜伽快四年了，到現在依然未能
做到的式子如下：

側面舒展式 / Parsvottanasana

武士III / Virabhadrasana III

膝肩式 / Bhujapidasana

起重機式 / Bakasana

神聖威士努休息式 / Anantasana

雙腿張開伸展式 / Prasarita Padottanasana

半月式 / Ardha Chandrasana

頭倒立 / Salamba Sirsasana

反弓式 / Urdhva Dhanurasana

鴿子式I / Eka Pada Rajakapotasana I

聖人瑪辛德瑞式I / Ardha Matsyendrasana I

其實沒法做到的應該還有很多很多，只是每次看見印度老師心血來潮露兩手／腳，若無其事地把肢體放在身體上下左右前後不可能的地方，我連驚嘆訝異也來不及，說什麼夢不可能的夢？稍晚稍晚。

上了這麼一兩百堂課，把自家身體像擰毛巾一樣擰出了許多汗水，認識到自己原來有很多身體部位和內臟器官是在此之前完全沒有碰過動過的。當然還學懂了一些呼吸屏息的方法，也企圖練習冥想──但我太清楚自己雜念太多，每回腦海空白不到三分鐘，畫面就從抽象轉回具象，而且往往先出現的是食物，例如肥叉燒飯，很奇怪的跟咖哩一起吃。

當看到課堂裡身邊的同學開始可以把兩腿的大腿內後側靠著手臂的大臂，一面吸氣一面慢慢將腳離開地面，而我還在作努力狀其實原封不動苦無進展，我就會馬上想，其實上天是公平的，某些人可以做到某些人做不到的事情，你的驕傲是我的慚愧，多好。

我常常告訴自己，如果我上課之前有充足的睡眠休息，上課之後不用馬上趕回
辦公室趕去見客戶；如果我開始素食、如果我的心可以安靜下來、如果我可以
花更多的精神時間來照顧自己的身體、如果我練習得勤一點、如果我定時定刻
一次又一次鍛練肌肉的彈性，把筋骨拉鬆拉開……如果這以上一切不會又成為
不斷奮鬥的壓力，如果不會一想到就累，我還是樂觀的相信終有一天我可能會
做到這十一個瑜伽式子，或者更多……

「如果每天練習頭頂地三個小時，這個人就征服了時間。」瑜伽名言如是說。

懶穿 衣

春色

文：應霽　圖：劉清平

午後起來，
懶穿衣，
更懶造愛，
不小心走進早已老去的成人電影院，
和三兩個從未見面的遊蕩人相遇，
沒有打招呼。

以為只是一個觀眾，
怎知染上一身顏色，
還有軟的、硬的、輕的、重的、冷的，熱的質地，
上身穿戴成形成狀，
（或者因此成全了自己？）

坐進刻意鋪上乾淨純白椅墊的扶手沙發，
與眾多細菌象徵性隔開，
然後在燈光忽明忽暗對白忽清忽濁當中，
有需要走進男廁所，
被牆上那些挑逗圖文惹得臉頰微微發燙。

懶，
所以沒有發生什麼，
更懶，（只是順便偷兩句歌詞）
所以什麼也沒有發生。

散場，
穿不穿衣無所謂，
離　不離開？

Marco Leung 2005

Winnie Chen / Yeung Chin 2005

Alternatif Show 2005

Grace Tse 2005

Kelvin Tsio 2005   Kelvin Tsio 2005

Alternatif Shov

懶不會夠，
但越懶越滿足、越積極、越準確、
越懂得該不做什麼該做什麼，
換句話說，越懶就越快。

懶的最高境界是無為是什麼都不做，
你我一般人也許只能在學懶的路上，一點一點的懶下去，
但我們也得學懂包容，
微笑地尊重那些在八小時內努力勤奮地工作的人，
至於八小時以外還繼續努力的勤奮的，
微笑著瞪他或她一眼。

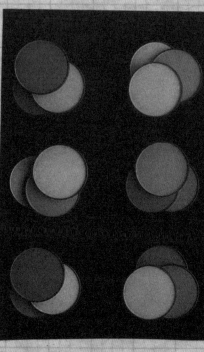

Mademoiselle Missoni

Kartell 與 Missoni 兩大品牌 crossover 合作的 Mademoiselle Missoni，保留了 Philippe Starck 設計的 Mademoiselle外形，只換上了Missoni的signature pattern，讓兩者互相輝映。($7,400)

STAEDTLER®

Mars Lumograph

100

12 Stück / pieces

Bleistifte in bester Qualität
Besonders bruchfest
Leicht radier-und spitzbar
Erhältlich in 16 Härtegraden

Top quality pencils
Especially break-resistant
Easy to erase and sharpen
Available in 16 degrees

Crayons graphite de très
haute qualité
Spécialement résistant
Facile à gommer et à tailler
Disponible en
16 graduations

Lápices de gran calidad
Especialmente resistentes
a la rotura
Fáciles de borrar y de afilar
Disponible en
16 graduaciones

STAEDTLER Mars GmbH & Co. KG, Moosaeckerstr. 3, 90427 Nuernberg, Germany. www.staedtler.com, info@staedtler.de

MADE IN GERMANY

春天不是讀書天，
但也不妨翻開買來很久但還未看的
例如米蘭·昆德拉的《緩慢》，
從最後一頁開始往回看，很快，你就會緩緩睡去。

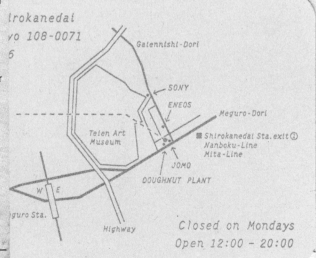

放下手頭的工作，停止生產無用的東西，
因為你的「產品」會令某些人更貪婪，某些人更窮。

Grace Tse 2005

Nikita Chan 2005

Helen / Carrie / Moon / BoBo&Bowie 2005

Winnie Chen / Yeung Chin 2005

Alternatif 慢慢 承 傳

文：應霽　圖：陳仲輝／應霽

兩個半小時裡面說了整整兩年沒有好好坐下來沒有說的話。

叫他做陳校長，Silvio笑了笑，沒有停下來，依然高轉速地在他的學校／工作室裡談他的學生談時裝設計談藝術創作談即將舉行的Alternatif時裝Show05─牆上的時鐘靠近凌晨十二時，只因為同一天早上我忽然一閃念，想起很久沒有跟Silvio相互update近況─update？我們是否追得上各自的時間表？是否追得上時勢？什麼是時勢？什麼是時裝？

常常暗自慶幸，在這個的確是匆忙倉促的年代裡，還可以給我有緣認識到身邊這一些屬害的朋友：他們她們做衣服，畫漫畫，跳舞，寫作─展示的不僅是三數季的款式，幾百頁的畫作，上下翻滾停頓的動與靜，又或者幾行到幾萬字，在面前的卻是一種能量，爆發的同時又凝聚，高速而又緩行，哪怕轉眼十年八年，創作成績經得起時間的挑戰考驗。

說起來跟Silvio陳仲輝認識一眨眼已經超過十年，當年他剛從英國皇家藝術學院時裝學系畢業，挾著一大堆榮耀和掌聲回港，友儕紛相走告城中出現了如此一個屬害的創作人。好事的我因公因私爭取跟Silvio有過合作機會，然後我告訴自己，原來時裝可以是這樣。

時裝的時─是時間的中性冷靜？是時勢起伏動蕩？是時興是時髦的輕巧靈活？是時光的迴照流逝？此時彼時，是一種運行規律秩序？是一種不可測的焦慮？乘時而起，我們又想又該到哪裡？

從樓上「私房」的有若傳統裁縫的工作室，到開門街舖面向大眾的營運；從在母校香港理工大學兼任教職到決定開辦廿四小時全天候Alternatif時裝設計工作室，以師徒關係培養新一代設計師，每年組織學生舉辦有如劇場一般的自家時裝秀，加上他近年和更多的藝術工作者有舞台、錄像和裝置的合作，Silvio一路走來，他太清楚自己需要的堅持的，就是那種開放的多元的挑戰禁忌的選擇。以身作則，當然就刺激起一群有志闖關的後輩跟隨。

沒有那三改四改轉到七色八彩的大學學制和官方認許資格，說小不小的一個工作室每年能夠容納的是十六個「學位」，言傳身教，Silvio跟我們一群同齡的創作人一樣，相信在芸芸人海中，如果說自己對年輕小朋友還有點「影響力」的話，能夠影響一個就一個，把信念把精神把經驗傳承下去，能夠收到的就「自然」收到，只願到閉眼一日並無太多後悔。

多年來面對種種威逼利誘，說好還是說不，Silvio自言從前會很在意別人對自己的心血作品的肯定，把這些讚美視作鼓勵自己精益求精的動力來源。但現在更清晰自身跟創作的關係，可以說是「依賴」創作而生存，創作就是生活就是修身─

我從旁邊看，此時此刻的Silvio無論教學無論創作都處於一種最豐盛飽滿的成熟狀態，有自己的步調有自己的方法，有自己不必隨波逐流的做人處事態度，要乾淨可以異常乾淨，要鹹濕可以絕頂鹹濕。

CRASH
ALTERNATIF FASHION SHOW
03

SILVIO AND ALTERNATIF
PRESENTS
UPCOMING
HK DESIGNERS

silvio chan
alternatif
fashion & communication

手帕 交

文／圖：應霽

兩百四十八條手帕，我仔細數了一下，嘿，其實當中有兩條在無印良品買的暖灰和豆紅色的是給自己買，其他的兩百四十六條，都是買給她。

十年八載，日積月累，既不是訂情信物，也不是分手象徵。手帕就是手帕，喜歡就是喜歡。她習慣每天把一條棉質的或素淨或印花或繡花的手帕帶在身邊，她的生活日常裡就是需要有一條手帕伴著，作為她的伴，我能力所及，就是也為她努力地找這個伴

看手帕，挑手帕，買手帕，已經成為每趟外遊的首項指定動作，太自然太習慣也太清楚，日本永遠是手帕王國，大型百貨公司從伊勢丹到三越到西武到高島屋，以至各式獨立精品店個性小店，都把手帕這個單項認真地當作一回事，不會把這三百五百日圓的小交易當兒戲，很明顯地也因此培養出一種愈見精采的手帕文化。小小一方，柔柔薄薄的棉織物，集中了各自細緻變化的顏色、圖案、印染、繡花繡字、縷邊、縫拼……尤其這兩年買得挺兇，不同的季節可以買出一個主題，甚至沾沾自喜地覺得自己是在買畫；不用裝裱的放在口袋裡的畫，看得興奮買得高興，收到這一疊五顏六色作為手信的她，會心微笑，應該歡喜。

平日好好的摺疊好，挨著橫放滿滿的兩個硬紙皮文件箱，趁著周日把手帕拿出來整理一下，一時間兩百多個回憶都跑回來了，自作多情其實都有根有據。

叫人時有驚喜的一個日本牌子叫Kozue，據說是日本藝術家日比野克彥的太太設計製作的。經常用上兩種布料去拼貼和對比，繡有白色葉紋橄欖綠地色的正面配上一個鮮橘色的背，又或者泥黃色配一個黃綠色的料，再繡一隻彩藍的蝸牛，都是手工感覺很強的作品。同樣活潑的還有Keita Maruyama的手縫手帕，一個美艷金髮空中服務員在一方手帕的右下角跟你鞠躬，裙擺還是自由活動的，身材還很立體。

不能不提是西班牙女設計師Sybilla的系列，一貫濃烈奔放的地中海顏色、寶藍、草綠、珊瑚紅、各種泥土色，配上手繪的圖案、民間的小繡花，更有成為註冊的右下角小香囊，女性化嫵媚的同時有一種強悍厲害，過目不忘。緊貼其後有近兩季異軍突起的Jocomomola，走的也是花俏時髦對比強烈的植物印花圖案，且以熱帶風情為主打，把熱鬧和歡樂濃縮帶在身上。

熱情的選擇當然還有Cue's和插畫家MNX的限量版，設計師根本就把手帕當作畫布，痛快淋漓與流汗的抹嘴的拭眼淚的同樂。熱情過後有永遠窩心的品牌，Calvin Klein從未叫人失望：淡灰的一方縷鵝黃的細邊，銀灰的繡有幾圈拋出的相間白線金屬線，墨綠的手繪有塗鴉的灰線，普魯士藍色的背景開滿棕色紫色粉色炭灰色菊花紋樣，乳白色的平面繡上銀灰和柚綠的草紋，還有從彩藍到炭墨，從桃紅到茄紫的漸變層，黑白條紋間格分明的規矩，絲毫不馬虎。

旗鼓相當的自然就是騎馬Polo和顯赫的Burberrys，挑的都是最簡單亦最經典的設計，黑地圍上兩條彩藍方間，軍綠配磚紅，天藍配白。雪花落在黑夜的藍，霧中的灰，計算準確討好人實在太容易。後起的英國品牌Margaret Howell，服裝倒不怎麼樣，但手帕卻是格外精彩，保守含蓄中有一點高貴的花俏，一條

素色方巾就看你配襯上怎樣的顏色縷邊，極準確地繡上或者印上排列有序的小花小點。當然堅持前衛創新的還是有市場，英國大姐大Katherine Hamnett的70年代幻覺圖案，壞孩子Alexander McQueen那幾方染得像髒了的手帕有異常顏色，特別精彩的是一條用鐳射切割破洞成花紋的泥金色特大手帕，華美又糜爛。

意想不到的手帕天地竟是如此一個大世界，日本本土民俗風設計師Makoto Koizumi把彩色木刻圖樣重新排列，印在厚白棉土布上，金魚紋蟋蟀紋雲紋水紋都純樸生動。英國的傢具朝聖地Heals及Habitat常常有印度手繡的小方巾，一針一線都有風情變化。還有她自小情有獨鍾的日本品牌Papas，以海明威感覺作賣點，大量的條紋間格，老實大方，以舒服誘惑人，可惜兩年前已經停產。

旅途上刻意節制自己不再添置這樣那樣，但面對手帕卻完全不設防。身邊的兩百多條手帕大部份來自日本系統，所謂各國品牌其實也是因應日本市場消費口味而貼身設計的。在樂此不疲花樣百出的同時，再進階的可更純淨地收集白手帕——一是來自大陸蘇杭區的抽紗手帕，細密得驚人的傳統圖案和充滿耐心信心的手工隨時失傳；另外就是義大利、西班牙和其他歐洲地區的抽紗、繡花以至純白棉麻手帕，去年夏天分別在米蘭、威尼斯、佛羅倫斯逐家逐戶去尋訪單繡字母的樸素版本，還幸運地收集了一批平凡實在的男裝純白無花紋式樣方帕，名義上還是送給她的小禮物，但其實也蠢蠢欲動地準備開始為自己買手帕，打算加入這個手帕俱樂部。

除了身邊的她一直在用手帕，我開始留意周圍一群好友究竟誰在用手帕？他們她們的手帕又是什麼式樣？在即用即棄紙巾通行的今時今日，堅持用手帕已經足以叫人好奇。源起自第一次世界大戰時毒氣罩的隔塵紙和取代棉布的急救紙繃帶，戰後這批剩餘軍需品漸漸流入民間成為流行，且改良成為荷里活影城中甚得影星歡心的去冷霜紙巾，方便為上之時並沒有將資源浪費這個事實掛在心上，許多年後積習難返，竟叫自攜手帕成了貴族類私家小玩意。

不知怎地真的對口袋裡還有一條手帕的人多一份好感——小時候幼兒院中的丟手帕、矇眼捉迷藏遊戲，廣東順德女傭襟側的一條白手帕，老電影戲中人藉故掉下手帕留下線索引起注意，還有手帕成為性向符號的種種傳說……可以從一而終可以變化萬千，與手帕相戀相知，與手帕肯定有過這樣那樣的私密關係。

身邊的她告訴我，手執心愛的同時，就有潛在的丟失的恐懼。

春日乍暖還寒，最宜感冒小病，
小病是不是福不曉得，
但病好了還是渾身痠軟，慵慵懶懶的，
最宜藉口呼吸新鮮空氣到外面散步。
不要做學者教授筆下煞有介事的flaneur漫遊者，
不要帶筆記本不要帶你的polaroid拍立得或者Lomo相機，
不要帶地圖──無目的無方向閒蕩，
《小王子》作者聖伯修里曾經說過：
"It is only with the heart that one can see rightly,
what is essential is invisible to the eye."──
有心，用心，才「看」得見。

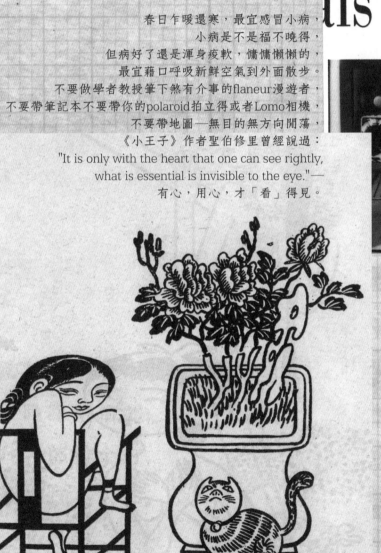

懶得要命的意思就是懶得替家裡的盆栽澆水，
花草死了，你也因為這樣學懂面對和接受死亡，
因為懶，你悟道了，
你可以陪著死去的花草上天堂。

Time to Leave
最後的時光

Le temps qui reste

2005 / Color 彩色 / 85 mins
Drama 劇情片
English Subtitles 英文字幕
Director 導演：François Ozon 法蘭索瓦‧奧桑
Cast 演員：Melvil Poupaud, Jeanne Moreau,
　　　　　Valeria Bruni-Tedeschi 梅維爾‧普普、
　　　　　珍‧摩露、華麗兒‧賓尼‧泰代斯

6　7　8　9　10　11　12　13　14　15　16　17　18　19　20

Theatre, HK City Hall 香港大會堂劇院

Say No，說不，是懶的最美的表現，是快樂的開始。

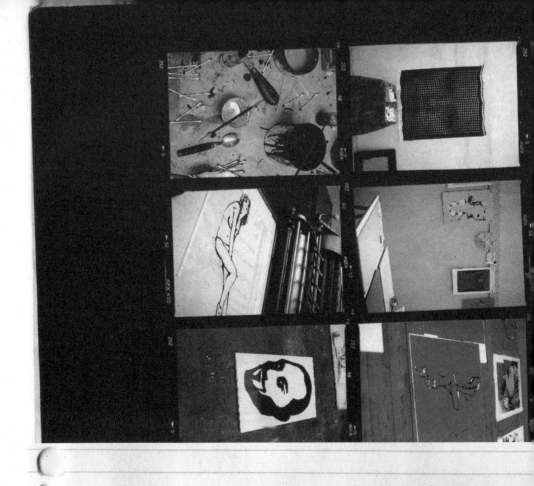

一字曰懶。

tà che
diata-
ai ve-
na fac-
e rap-
e bene
oli, fa-
ppone-
ois ha
di ren-
ista ha
m volt-
atoio di
uratura
sserella
na zona
o, total-
alizzato
che gli
d'estate
era, suo
R.Z.

河南，少林寺少林賓館。

花落水流

事物 的 狀態

文／圖：曾翰

廣州，舊白雲機場邊緣。

漫遊，在不同的城市與鄉鎮，在不同的時間與空間，我喜歡用這樣的方式切入現實，喜歡以這樣的方式在現實中打撈一些影像的碎片，企圖用這些碎片拼湊出關於事物的本質、自我的根源，以及被淡忘的鄉愁的景象。

從小至今，我就一直在小鎮和城市之間遷徙，混亂的生活環境以及口音，始終無法給自己一個明確的身份定位。於是，於城市中遊蕩，無語，無心，無根，作為某種狀態的人，只有附著於一些事物的表層，在凝固的靜態的影像中，感知落寞與溫暖的本質。堅硬的無機的物體，柔軟的有機的肉體，在及手可觸的現實與虛無夢幻的記憶之間碰撞、交織，以至面目模糊無疾而終。在這割裂與膨脹並存的年代，於我們這代人，所謂鄉愁，所謂根本，也許最終只是一場影像的夢魘和謊言。

南京，長江大橋橋底。

蘇州，隨園。

蘇州，虎丘。

上海，淮海中路。

慢慢 走

文/圖：應霽

慢慢走，
勿亂跑，
馬路如虎口，
交通規則要遵守，
安全第一，
命長久。

小時候唱過的一首政府宣傳交通安全的兒歌，
現在忽然記起，雖然發音怪怪的還真的依然琅琅上口。

這麼重要的大道理，反覆細讀幾乎是字字珠璣，
究竟是誰種的因？
且厲害的預計到幾十年後才有人有所悟才有可能成果？

慢行懶走，《慢慢快活》的編集過程拖拖拉拉十分享受。
到了某一點甚至告訴自己也許就索性懶到底，
跑去雪地或者熱帶雨林放假去了就算了。
但身邊一夥比我努力比我認真，
還是把這麼精彩好玩的圖又父到找面前，
叫我有一種心照不宣、扶手慢行的溫暖與滿足……

感謝雙全的婆婆媽媽、Edith的出其不意、
Vincent的材料、銘甫的火、
B與K的少女青春、John與煙図的少男情懷、
文正的正氣、Silvio的鹹濕、偉棠的怕冷、曾翰的細、
春卷弟兄的和味、Mark與Stephen的喜樂、
Chris、Richard和Dickson用力地開的玩笑、
還有清平、M&M、阿和和惠貞作為永遠的大後方，
他們她們的參與其實也是統領，
因此，我可以退後一步，
可以懶，應該懶。

勿亂，
如虎，
交通，
安全，
命，
長久。

願有日可以忘記這些關鍵。

home 06　慢慢快活—好想懶惰

編集：歐陽應霽

設計製作：歐陽應霽　陳志藝　陳迪新

攝影：劉清平等

責任編輯：李惠貞

法律顧問：全理法律事務所董安丹律師

出版者：大塊文化出版股份有限公司

台北市105南京東路四段25號11樓

www.locuspublishing.com

讀者服務專線：0800-006689

TEL：(02)87123898　FAX：(02)87123897

郵撥帳號：18955675　戶名：大塊文化出版股份有限公司

總經銷：大和書報圖書股份有限公司

地址：台北縣五股工業區五工五路2號（五股工業區）

TEL：(02)8990-2588　8990-2568（代表號）　FAX：(02)2290-1658 2990-1628

製版：瑞豐實業股份有限公司

初版一刷：2006年2月

定價：新台幣300元

Printed in Taiwan

國家圖書館出版品預行編目資料

慢慢快活－好想懶惰／歐陽應霽著.
-- 初版-- 臺北市：大塊文化，2006〔民95〕
面： 公分.--（home：6）
ISBN 986-7291-92-1（平裝）

855 94025935